NARRADORES CONTEMPORÁNEOS

JOAQUÍN MORTIZ · MÉXICO

SILVIA MOLINA

Muchacha en azul

novela

Esta novela recibió el apoyo del Sistema Nacional de
Creadores de Arte del FONCA, la SOGEM y el Writers
Room de Nueva York.

COLECCIÓN: Narradores contemporáneos

Ilustración de portada: *Back of nude*, de William Merritt Chase.
Fotografía de la autora: Barry Domínguez

Primera edición: abril del 2001
ISBN: 968-27-0811-7

A F. M.,
por permitirme
inventar su vida.

Escucharon mis súplicas
y nadie me consoló.
JEREMÍAS

Lo peor de la vergüenza, es que
uno cree ser el único que la siente.
ANNIE ERNAUX

1

Hacía fresco cuando Hilda salió del avión en el aeropuerto de la ciudad de México. Se abrochó el saco y caminó a la sala de entrega del equipaje. La sorprendió, de pronto, una aparición, un milagro: allá en el pasillo, con el mismo rumbo que ella, Herman Sulzer se ponía una chamarra de gamuza gastada.

Era él. Veinte años después podía reconocerlo como si hubiera seguido viéndolo todos los días. No había olvidado su altura ni esa decidida manera de caminar, ni aquel desorden en su persona. Lo encontraba menos delgado, pero el pelo, antes rubio y ahora blanco, le caía igual de lacio sobre la frente. No podía tratarse de nadie más. Seguía siendo un hombre apuesto e interesante por su larga nariz. Había mirado la fotografía de aquella noche en París tantas veces, que se había aprendido de memoria ese rostro anguloso y atractivo.

Conforme corría para alcanzarlo esquivando a la gente que se le atravesaba, iba recordando la cicatriz en la mano izquierda de Herman. Abrió la bolsa y, nerviosa, hurgó el interior buscando una tarjeta de presentación: cualquiera, porque no tenía ninguna con su nombre; nunca las había usado. "Una tarjeta, alguien me dio una en el viaje", se repetía revolviendo el contenido: las llaves, el monedero, el cepillo del pelo, los lentes, la agenda, la libreta de apuntes... hasta que por fin salió el estuche de las tarjetas de crédito, de donde sacó una de presentación que había guardado allí. La quería sólo para actuar una escena que había soñado muchas veces. La alegoría del encuentro:

—Voici, monsieur. Je vous ai connu à Paris et...

El corazón le daba vuelcos de alegría como si Herman Sulzer fuera una persona amada a quien volvía a encontrar después de una ruptura, o un antiguo compañero de trabajo, o un familiar extraviado. Creyó que nunca volvería a verlo, y ahí lo tenía, a un paso.

¿Se acordaría del trato? Había sido un juego, sí; pero también una promesa en la que ella había creído con el corazón de adolescente, una esperanza alimentada en el alma joven, un pacto que el tiempo no había borrado de su memoria.

Lo detuvo, temerosa de que no fuera él o de que no la recordara:

—Voici, monsieur...

2

La historia de París, en el diario de Hilda, había comenzado con la gama de rojos y naranjas de los árboles de la avenida Jorge V. Las hojas coloridas le parecían ciruelas o chabacanos a punto de caer. Con las ráfagas de viento, vio desde el taxi, las hojas no se venían abajo atraídas por la gravedad como la fruta de las huertas de San Juan, sino que jugaban en el viento como parvadas de petirrojos y calandrias. Nunca había visto el otoño en pleno, con esos colores y esa lluvia de hojas secas: ni en México ni en San Juan los árboles se ponían así.

—Jorge V cambió el nombre de la dinastía Saxe-Cobourg por el de Windsor —dio Flora su clase de historia.

La voz del taxista, quejándose del tránsito, ahogó la de Flora y le recordó otra vez a Hilda que estaba en París; pero París no le había gustado, fuera de aquella avenida que la había obligado a pensar en San Juan y en el Paseo de la Reforma cerca del Bosque de Chapultepec, en la ciudad de México.

—No lo digas. Es una estupidez —la amenazó Flora.

A Hilda la hubiera alegrado una Flora tan frágil como bonita cuando sonreía para los demás, y tan cálida como impaciente y nerviosa cuando se dirigía a ella. Pero Flora era así; y además generosa, autoritaria y perfeccionista.

Habían recorrido París de arriba abajo por el caracol de los barrios que cambiaban de número en el mapa de la ciudad conforme se acercaban al centro. El 16*ème*, el 14*ème*, el 12*ème*, el 10*ème*... Habían dejado atrás los barrios residenciales, y llevaban horas por los más oscuros y céntricos de la ciudad, porque no encontraban hotel. Su reservación no había sido respetada y parecía que no iban a encontrar un cuarto en ningún lado, y la desazón y las calles estrechas y lóbregas de París la entristecían. Tenía hambre; no demasiada, sólo esa sensación de vacío en el estómago que se parece mucho a la tristeza, un vestigio de ansiedad que de todos modos le habría permitido, de tan cansada, ir a la cama sin cenar.

Le daban ganas de dormir hasta despertar en su casa de la ciudad de México, aunque fuera un campo de batalla, por el canto de los gallos o el ladrido de los perros que se oían a lo lejos en el vecindario como una melodía conocida y entrañable que la sacaba de las tinieblas; o por el trino alborozado de los gorriones que anunciaban el amanecer de San Juan. Aquellos sonidos eran un puente entre la oscuridad y la luz que le permitía no despertar de golpe y pensar en los sueños con calma.

Entonces soñaba que:

Montaba un alazán por el campo y, luego de galopar, lo paraba de manos.

Veía un perro atado y, compadecida de oírlo ladrar, lo soltaba.

Volaba por encima de los árboles hasta llegar a las montañas que rodeaban San Juan.

Su papá se rompía una pierna y no podía caminar.

Su mamá se cortaba el pelo y se veía hermosa.

No volvería a la escuela, que le gustaba más que su casa, porque las maestras se habían enfermado.

Su hermano se quedaba a vivir en el norte y no volvía a verlo.

Sus padres se daban la espalda y cada uno caminaba para su lado.

Tenía una familia feliz.

Aquellos sueños eran los deseos que no quería reconocer y los sentimientos que la asustaban. Estaba segura de que no alcanzaría sus pretensiones de libertad y de que sus padres no cambiarían, pero en los sueños componía el mundo y cada mañana se demoraba en la cama hasta que acababa de repasarlos.

Le gustaba que los gallos, los perros o los pájaros la sacaran poco a poco de su ausencia para recordarse, al abrir los ojos, actuando en una película en la que una fuerza misteriosa la había hecho aparecer como si fuera una actriz. Le intrigaba verse en un universo donde no tenía miedo a la verdad: odiaba a sus padres o, quizá, la vida que sus padres le daban.

Luego, en la época de París, soñaba que:

Flora no era su media hermana sino la cocinera de San Juan.

Para salir de París se subía a un autobús de la ruta 5 que la llevaba a México. Y México era una feria.

Su hermano era director de una orquesta y su padre un violinista.

No encontraba a su papá por ningún lado.

Su mamá no hablaba español sino chino.

Pasaba un tren que debía llevarla a su casa, y ella lo perdía.

Encontraba a Herman Sulzer en el súper y en el metro y en el cine, pero no podía hablar con él porque, cuando se acercaba, había cambiado de cara...

Había soñado infinidad de veces que volvería a ver a Herman Sulzer —porque sí, porque había sido un juego, una ilusión, la promesa de un encuentro, el capricho de una adolescente— y nunca pensó que iba a llegar ese momento.

Era un desatino que no le gustara París, sí; pero en la penumbra de aquellos lugares estrechos, vetustos y sucios, sólo pensaba en escapar porque estaba allí a la fuerza, porque su madre la había entregado con todo y ropa de lana para el invierno europeo, y los vestidos le quedaban grandes porque habían sido comprados para unos meses después, cuando entrara en ellos con naturalidad.

Hilda no era otra cosa que un regalo envuelto en un papel de colores, rematado con un moño rojo:

—Toma —le había dicho a Flora sin preguntarle su parecer a Hilda—. Te la doy para que te acompañe.

Pero con seguridad había pensado: "Un problema menos en esta casa. Tengo un problema menos".

Quería correr hacia el tren de regreso a El Havre y allí embarcar otra vez en el *S. S. Rotterdam* rumbo a Nueva York, donde Flora le había comprado el disco que tanto deseaba, el de James Darren, ese actor y cantante que nadie conocía excepto ella, y de quien estaba enamorada desde que lo descubrió en la película *Los cañones de Navarone*, donde tenía un papel secundario al lado de Gregory Peck.

Flora, que por su trabajo había ido muchas veces a Nueva York, le había hablado de la maravilla de los teatros de Broadway, donde vieron *Porgy and Bess*, y de los restaurantes orientales y europeos. Hilda nunca había probado la comida china ni la persa. Y le había mostrado el Hotel Plaza, donde tomaron el té de las cinco; el Central Park, la Quinta Avenida: "Donde están los mejores almacenes, como Saks"; el Museo Metropolitano: "Fíjate bien"; el Radio City Music Hall, donde vieron bailar a las Rockettes; la catedral de San

Patricio, donde: "Hay que oír misa siempre que uno viene a Nueva York"; el edificio Empire State y la Estatua de la Libertad: "Para que no se te olvide que somos libres"; pero a pesar de esa afirmación, había cortado las trenzas de Hilda sólo porque: "Pierdes mucho tiempo desenredándote el pelo".

También le había asegurado que el verdadero Nueva York estaba en los subterráneos del metro, en las cocinas de los hoteles y los restaurantes, en los muelles, en Harlem, en los negocios de los judíos, tras las bambalinas de los teatros, en el Bronx: "Ya entenderás algún día".

Quería regresar a Nueva York para recuperar su cabello largo, grueso y pesado, y allá tomar otro tren hacia México, porque habían viajado de México a Nueva York en ferrocarril, con dos baúles como equipaje, varios días de un monótono traqueteo, vagones viejos y estaciones sucias y pobres del lado mexicano, con todos aquellos campesinos ensombrerados, mujeres de rebozo y niños sin zapatos que ofrecían sus bandejas de naranjas, piñas o mangos, abiertos al antojo de las abejas y las moscas, apenas se detenía la locomotora.

Al subirse al tren, oyó que su mamá decía:

—Cuida la bolsa y obedece a tu hermana.

Pero había corrido al pasillo del vagón, sin la bolsa y con un nudo en la garganta, para decirle adiós a su madre por una ventana que se abría sólo hasta la mitad. Se había tenido que estirar para sacar la mano y agitarla en señal de despedida mientras el tren avanzaba con lentitud, anunciando su partida con el silbido de la máquina y el traqueteo de los rieles y los durmientes bajo las ruedas, y ella se moría de miedo y ganas de llorar o de salir corriendo y esconderse bajo la cama.

Pero su madre, en vez de decirle adiós caminando al parejo del tren, la había regañado:

—¡La bolsa, Hilda! ¿Dónde la dejaste? ¡Te dije que la cuidaras!

Y corrió con los ojos llenos de lágrimas a buscar una cartera y un pasaporte mientras perdía a una mamá de mirada indescifrable.

Aprendería a cuidar el pasaporte como a un gatito recién nacido que dependiera de ella para vivir, como a una buganvilia que sólo con su ayuda podría desarrollarse, pero que no maullaría ni florecería, sino que sería sólo una amenaza constante, como si con su pérdida fuera a cambiar de rostro o apellidos, o a vivir en cautiverio.

Deseaba huir hacia su casa donde quizás estaría esperándola su hermano, el que usaba lentes porque era miope de tanto leer, decía su madre, o de tanto esforzarse en dibujar cuando el sol ya había caído y su padre apagaba la luz del cuarto porque era cara para desperdiciarla en hacer monigotes: un elefante azul porque el agua del río estaba helada, un caballo rojo porque era el que más corría. Su hermano, el que tenía manos de artista, largas y delicadas, decía Flora. Su hermano, quien tenía el mejor cuaderno de dibujo del Colegio Juárez porque usaba los lápices de colores y las acuarelas como nadie para recrear el paisaje siempre verde de San Juan, y el color azul de los riachuelos que serpenteaban los sembradíos, o la alta blancura de los volcanes que rodeaban la ciudad de México. Su hermano, quien cada vez se volvía más indiferente a lo que pasaba en su casa, como si tuviera una vida secreta, como si no oyera ni viera nada.

Llegar a México, donde estaría él, al que más extrañaba, el que había sido enviado por su papá a Sonora a visitar a la familia, a trabajar en una hacienda, a "hacerse hombre" para que un día administrara los hoteles, y quien se había ido, quizá como ella a París, sin más remedio pero con la esperanza de respirar un aire distinto al de una casa sitiada por la tensión y el miedo. Su hermano mayor, al que había esperado entonces, cada día y cada noche, como una vela encendida en una iglesia, y el que había regresado alto, derecho y ordenado, con una colección de acuarelas con rostros de indios yaquis y mayos, con ruinas de haciendas y minas, y retratos de los tíos, y quien llenaba una bota de vino tinto y la escondía bajo su cama para llevarla a San Juan entre la ropa o en el maletín de fin de semana. El que boleaba las puntas de los zapatos de piel negra hasta dejarlas brillando como charol. El que estaría dispuesto a llevarla a las reuniones con sus amigos cuando regresara y le enseñaría a bailar como él *Be bop a lula she´s my baby...*

Llegar a México, sí, aunque sus padres vivieran en una guerra continua de palabras y de hechos, y se hirieran por la noche con las armas que preparaban durante el día cuidando cada pequeño detalle. Una guerra en la que los dos apuntaban con exactitud a la parte inestable e indefensa del otro.

El padre de Hilda era dueño de dos hoteles de paso en el estado de Morelos, La Parada y El Paraíso, y aunque vivía con la familia en la ciudad de México, tenía una casa en San Juan Ocuitlaltenco, donde había restos de un centro ceremonial prehispánico y un convento del siglo XVI seguía en pie, pero donde no existía una secundaria para los hijos de su segundo matrimonio, Hilda y su hermano, porque Flora fue la única hija de su primera mujer.

En San Juan, sábados y domingos, el calor, la humedad y el campo sembrado de caña y maíz esperaban la llegada de Hilda y su hermano. Los acogía una casa de tejas rojas, llena de canarios y cenzontles, de tulipanes y buganvilias y de limoneros y naranjos, cuidada por los campesinos del lugar.

A diario, el padre de Hilda iba y venía por la carretera.

—Que hoy no regrese —deseaba Hilda.

Se iba temprano y regresaba tarde.

—Que se quede allá y no vuelva nunca —rogaba el hermano de Hilda.

Blanco, alto y buen tipo, pero con una cerrazón y una inseguridad que lo atormentaban, había heredado el negocio de los hoteles de paso de su padre, un sonorense de ascendencia gallega. Y mientras en ellos albergaba con regocijo a las parejas furtivas y sigilosas porque enriquecían el negocio, acorralado por los celos de lo que podría hacer la madre de Hilda en su ausencia de la ciudad de México, le pegaba por razones impredecibles: por el solo hecho de verla arreglada para ir a comprar el pan o las tortillas, o por no encontrarla cuando la llamaba por teléfono.

Su padre era:

Un esposo violento, con una doble moral y dos familias destrozadas. Exigente para la comida y el planchado de las camisas.

Un papá frustrado que tenía prohibido el tema de los hoteles de paso en la casa, y que no comentaba nada de ellos ni de su administración en presencia de la familia, y quien de pronto era capaz de sonreír y acariciar y parecer el mejor padre y el más bueno del mundo.

Un hombre sin freno, que no escuchaba razones, con un apetito sexual insaciable, pero ceremonioso y delicado para preparar un habano y servirse un brandy después de la cena.

—Estúpido —lloraba Hilda.
—Cobarde —gritaba su hermano.
—¡Poco hombre! —se quejaba la madre de Hilda, que no tenía valor para denunciarlo y sentía vergüenza ante la sola idea de pedir ayuda.

Su madre era:

Una esposa callada y silenciosa, intimidada por la violencia de su marido.

Una mamá distante de sus hijos, como si hubiera perdido su capacidad para entregarse a ellos, que la volvían loca cuando se rebelaban contra la autoridad del padre, porque lo tentaban a volver a levantar la mano.

Una mamá ansiosa de reconocimiento a sus labores domésticas, porque canalizaba la desgracia en la creatividad de su cocina, la limpieza de la casa y el cultivo de las flores de San Juan.

Una mujer sensible a los placeres de los sentidos, pero insensible al deseo sexual de su esposo.

Separarse del marido le daba miedo a la madre de Hilda porque antes de casarse con un divorciado ya le habían dicho sus padres que le esperaba el mismo futuro, y que en la familia no había ninguna mujer divorciada: ella no sería la primera. Y porque pensaba que no sería capaz de enfrentarse a la vida sin oficio ni estudios pues no había querido escuchar cuando la alentaban para que hiciera una carrera aunque fuera corta.

—Podrías ser enfermera, hija, secretaria, cultora de belleza...

Flora, en cambio, la media hermana de Hilda, era hábil y dinámica. Había estudiado para taquígrafa parlamentaria —tomaba hasta 170 palabras por minuto, 20 más que sus compañeras competentes—, inglés, francés y una carrera corta de comercio, y había entrado desde joven y desde abajo en el Departamento de Turismo, porque su pretensión era viajar; y había ido ascendiendo: de simple secretaria a jefa de departamento y, al fin —por ser amante de un político, decía todo el mundo, o por su carisma y habilidad, y por sus lecturas y eficiencia, decía la madre de Hilda—, a encargada de la recién fundada Representación del Consejo Nacional de Turismo en París, a donde había llevado consigo a la media hermana, que no era otra cosa que una piedra en el zapato, que un disco rayado:

—No me gusta París.

Hilda había comenzado a sentir el viento fresco del otoño parisino y deseaba el sol ardiente de San Juan, los volcanes nevados de la carretera, los campos de flores silvestres... La superficie verde de México, la que debía venderse en tiempos de lluvia, decía el abuelo sonorense, cuando sus terrones no se desmoronaran por la sequía. Quería escuchar otra cosa distinta de los cláxones y los enfrenones y las protestas del taxista. Para consolarse, reconstruía sonidos familiares y apreciables, como el tañer de las campanas de la iglesia de San Juan Bautista llamando a misa, o el de las guitarras de los campesinos que cantaban sus corridos al anochecer, o el de las chicharras anunciando la lluvia. Incluso evocaba el balido de los borregos y las cabras y el mugido de las vacas arreados por los pastores al filo de la carretera entre San Juan y la ciudad de México. Ése era el mundo en el que había crecido y el que le llenaba los sentidos y que no existía en París, y que añoraba.

Anhelaba volver, aunque la travesía en el *S. S. Rotterdam* fuera otra vez lenta y larga, y el muelle de Nueva York la recibiera con la misma frialdad con que aceptó a todos los inmigrantes que habían entrado en América por él, como le había asegurado Flora apuntando con el índice hacia la isla Ellis; aunque por la edad, le pusieran una etiqueta en la ropa igual que a aquellos recién llegados que sufrieron allí las primeras angustias frente al desconocimiento del inglés y la cultura de los agentes de migración y los doctores que les practicaban los exámenes médicos; aunque no tuviera por compañeras de viaje a aquellas muchachas americanas que eran las únicas que conocían a James Darren y le ayudaban a que el encargado de la cafetería pusiera el disco, y quienes viajaban a París para estudiar arte y le habían confeccionado para la fiesta del capitán, como antifaz, una perturbadora máscara griega.

Deseaba volver aunque no viera desde cubierta la compañía de los delfines que llamaban la atención como niños de escuela cuando van de paseo, ni las ballenas duchándose como si tuvieran calor; aunque le diera miedo hacer sola aquel recorrido.

Escapar. Tenía esa idea fija en la mente. Irse de allí. Escapar era una palabra sencilla de pronunciar, como huir o fugarse, pero imposible y agria en la punta de la lengua; por eso le salían aquellas cosas incómodas y avinagradas:

—No-me-gus-ta-Pa-rís.

—No lo repitas —masculló Flora, enojada, asentando, por fin, el neceser en el piso de la recepción del Hôtel Piquet, 39 Rue Aubert.

—*Bonjour, madame* —la había saludado el conserje, con un aire de maña, no de bienvenida ni de gusto. Y luego había dirigido sus ojos pardos sobre las piernas y los pechos incipientes de Hilda, con una mirada libidinosa que Flora no percibió.

—*Bonjour, mademoiselle* —la persiguió con su boca de lobo.

—No me gusta París, aunque sea una tontería —insistió.

—Pues lárgate —salió volando por la ventana el disco rayado.

3

La historia de París, en el diario de Flora, había comenzado una tarde nublada de septiembre en la ciudad de México, en la casa de la segunda esposa de su padre.

Después de las confidencias sobre la realidad del matrimonio de su papá, Flora había pensado en el futuro de su media hermana con un padre destructor y una mamá que se dejaba humillar por un loco, y le ofreció a la madre de Hilda sacar a su hija de aquel infierno, para que no viviera lo que ella misma había sufrido de niña.

Le propuso llevarla consigo a París. Flora, generosa, pagaría los gastos: el pasaje, la comida, la educación... Después de todo iba con un buen sueldo y tenía sus ahorros.

—Tú dámela. Yo la educo, vas a ver.

"El que con niños se acuesta...", no dejaba de decirse Flora, arrepentida de su estúpida acción misericordiosa. "¿En qué pensé cuando tuve la disparatada idea de sacar al pez de la red, si de todas maneras ya estaba muerto? Apesta."

Hilda era una adolescente insoportable, tímida y melindrosa, que ni la disciplina podría salvar; una jovencita incapaz de gozar un viaje; mucho menos de sacar provecho de él: tan corta de ideas y tan tonta como la madre. La travesía con ella fue más pesada de lo que había imaginado: un martirio por su inexpresividad y su silencio; y la vida en París, a su lado, sería, en definitiva, una monserga.

Una ingrata, eso era Hilda a los ojos de Flora. Una ingrata que hacía todo mal y a la fuerza.

—¿Qué te gusta, Hilda? —le preguntó Flora, una noche, fuera de sí.

Hilda guardó silencio.

—¿Sabes hacer algo?

Hilda bajó la mirada.

—¿Qué piensas?, si es que lo haces.

Hilda levantó la cara.

—Di algo, ¡por Dios!

En respuesta, Hilda sostuvo la mirada, no de aborrecimiento sino de incomprensión. ¿Por qué la había arrancado de su casa?

Y, en represalia, Flora comenzó, como siempre, a pensar en voz alta mientras preparaba la cena:

—Has de tener sangre china en las venas, mírate los ojos: verdes pero jalados. De esos chinos que llegaron a Sonora a finales del siglo diecinueve, expulsados de Estados Unidos y contratados por las compañías mineras y los constructores del ferrocarril. Esos chinitos que parecían no romper un plato, como tú, pero que se apoderaron del comercio. Esos chinos que se dedicaron a hacer negocios y a robarse a las mujeres mientras mis abuelos hacían la Revolución. Uno de ellos debe haberse llevado por ahí a una de tus bisabuelas maternas... Tal vez un cocinerito, un empleado doméstico, un chofer, un peón o un jornalero. ¿No habrá sido un tendero o un lavandero o el propietario de un restaurante o de una cantina?

"Mientras mis abuelos andaban entre las balas, los chinos salían de los sótanos, mustios como tú, con esos pasaportes que iban de mano en mano, a rondar a las mujeres, pues no traían a las suyas.

"Mírate: ojitos jalados, pies diminutos. Has de ser una Lee o una Tung o una Chung. Hilda Chung, una mosquita 'muelta'. Pero Plutarco Elías Calles echó a los chinos del estado; el mismo Calles que después fue presidente, ¿sabes? Les subieron los impuestos, les prohibieron arrendar tierras, rompieron sus contratos, saquearon sus tiendas, les ordenaron dejar las lavanderías, los restaurantes... hasta los obligaron a darse baños públicos. Les hicieron la vida difícil hasta que se fueron..."

El teléfono interrumpió el monólogo.

Hilda descolgó el auricular:

—*Ici mademoiselle Chung...*

4

Se celebraba el Salón del Automóvil y no había un solo cuarto en la ciudad, más que aquel con un tapiz pardo, un mobiliario viejo y una sola cama donde dormirían juntas.

Un cuarto sin ventana ni baño, al fondo de un pasillo oscuro, donde podía esconderse el conserje de ojos de lobo para poner sus manos sobre Hilda cuando fuera al baño con su ropa limpia, la toalla y el jabón para la ducha.

Y lo tenían por doce noches; y esa primera, como había un coctel en la embajada de México, irían a que Flora pusiera una sonrisa fresca para anunciarse, como si no estuviera cansada y de mal humor.

Pero Flora no estaba de mal humor. No quería reconocerlo, pero era la angustia lo que la hacía sentir incómoda, la tontería de haberse llevado con ella a su media hermana que después de todo no era su problema, cuando en realidad lo que deseaba era que alguien la adoptara a ella misma, porque la separación seguía doliéndole.

Flora no podía aceptar el fracaso ni la soledad ni haber perdido el tiempo que le había dado a su ex marido ni las noches vacías sin aquellos otros brazos secretos que tuvo que dejar. No había sabido ver a tiempo que el problema del alcoholismo de su esposo era definitivo. Creía, incluso, que ella había sido la causa de la separación, por su avidez de convertirse en una mujer realizada profesionalmente. No podía entender que él había enfrentado la mediocridad con alcohol.

El cuarto estrecho y oscuro quedó como un campo de batalla: las cremas sobre el tocador, los zapatos de diversos colores en el piso, y sobre la cama, los vestidos que Flora se había ido probando y desechando por justos, por cortos, por largos, por flojos, porque el color amarillo o rojo o morado no iba con los zapatos cómodos ni el verde de sus ojos.

Flora era una mujer atractiva y coqueta que, luego de su divorcio y del fin de una pasión, ponía especial cuidado en su arreglo personal, como si le diera miedo quedarse sola el resto de su vida; por eso se había delineado los ojos y puesto rímel y pintado la boca y se veía con tanto detenimiento en el espejo.

Morena como su madre, Hilda también había heredado los ojos verdes de su papá. Y no tenía más vestido de fiesta que el azul que ella misma había escogido en El Palacio de Hierro, porque con ése no se notaba que se le habían hinchado los pechos. Juraba que de grande no se complicaría la vida con tantos vestidos como su hermana.

Para Hilda, la dependencia de Flora era difícil. No había sido una media hermana cercana y de pronto quería ser su tutora; por eso no le agradó la decisión de su madre de deshacerse de ella, entregándosela a Flora, aunque soñaba despertar sin gritos ni platos rotos e ir a la cama sin disparos de arcabuces y cañones; sin embargo, en el fondo, había creído que ir a Francia con la hija mayor de su padre no podía ser peor que estar entre dos enemigos a muerte.

Cuando su madre le anunció el viaje, se sorprendió; pero ante lo inevitable había tenido la esperanza de escapar de los combates y del hermano que se evadía y se encerraba a pintar en su cuarto, como si acabara de llegar de Sonora, porque le había dado por permanecer en la oscuridad y mudo ante la violencia, cansado de mediar sólo para recibir golpes.

Hilda temía que al irse con su hermana, por escapar de la ruindad de su padre, corriera peligro su mamá, ya que la furia de él se había detenido, muchas veces, sólo por su presencia.

Había dicho que no, impulsada por el miedo y por el desasosiego y el ahogo de su propia adolescencia, que le daba como un ataque de asma en cualquier lugar y por cualquier cosa.

—Pues irás. Es una oportunidad.

—No conozco a Flora.

—¡Cómo no la vas a conocer! Es tu hermana.

Pero como nunca habían convivido, no sabía de Flora más de lo que todo mundo: que se había divorciado de un médico, cortés, galante y educado como un *gentleman* (que no había aguantado los rumores de la relación de Flora con aquel político que la seducía con regalos e invitaciones, decían todos); pero, por desgracia, alcohólico (decía la madre de Hilda).

Hilda recordaba al esposo de Flora apagando el motor de su Chevrolet rojo y bajándose del auto antes de cruzar la vía del tren, cuando iban a San Juan a pasar el fin de semana, porque había un letrero que decía: "Deténgase, vea y escuche". Y él hacía como que miraba, con la mano derecha haciéndose sombra sobre los ojos, y como que escuchaba, con la mano izquierda enconchada en la oreja, por si venía a lo lejos la locomotora; y después podía verlo dándole un trago enorme y gustoso a la pequeña botella que sacaba del bolsillo trasero del pantalón. Luego se subía al auto, donde Flora aguardaba irritada, e Hilda y su hermano divertidos porque se pondría simpático.

Se acordaba de aquel caballero y actor dirigiendo, como si fuera Leonard Bernstein, una orquesta imaginaria en el patio de la casa de San Juan, a la sombra de las jacarandas cayéndose de azules y de los limoneros llenos de azahares, con su Parker de oro como batuta, y con ella y su hermano como público, al que saludaba con respeto después de espantar con el pie derecho a las gallinas y los pollos que merodeaban por allí, y luego de encender el tocadiscos de donde salía el *Concierto para piano número 2* de Rachmaninoff. Lo recordaba también ayudándole a hacer la tarea de historia, la de geografía o la de literatura sin necesidad de abrir ningún libro porque todo lo sabía como una enciclopedia.

—Pregúntame, chulita.

Hilda preguntaba, él respondía y su libro de historia confirmaba, el de geografía no explicaba tan bien como él, y el de literatura no tenía la gracia del esposo de Flora cuando repetía con total seriedad los versos de Renato Leduc:

Hay elefantes blancos pero no son comunes;
son como la gallina que pone huevo en lunes.
Los usan en los circos y en las cortes fastuosas
para atraer turistas y algunas otras cosas.

No habían tenido hijos y Flora creyó que su ánimo le daría temple para educar a su media hermana, y que su proximidad sería un consuelo para su separación.

Tuvieron que arreglarse deprisa porque era tardísimo: las ocho, en un país donde las citas eran puntuales.

Y tomaron otro taxi:

—Avenida Presidente Wilson, por favor.

Flora daría su lección: el presidente Wilson tenía su avenida en París porque había participado en los tratados de paz después de la Primera Guerra Mundial, de la misma forma en que el presidente Juárez tenía su avenida en la ciudad de México porque había acabado con el imperio de Maximiliano. Flora, que no dejaba de leer ninguna noche por más cansada que estuviera, fue recibida con beneplácito por el ministro encargado de la embajada, Octavio Paz —porque entonces no había embajador—, los agregados y el personal del consulado.

Después de ser presentada y de saludar a toda aquella gente y a los invitados especiales, *Enchantée, madame; Enchantée, monsieur*, Hilda se sentó en una esquina apartada y solitaria del salón.

Tenía ganas de llorar: extrañaba su casa; pero el cansancio y la desdicha la hacían bostezar y cerrar los ojos, cuando una voz masculina la distrajo.

—Eres la persona más sensata de la fiesta.

—...

—¡Qué bárbaro! Renoir te hubiera pintado sentada allí, así... somnolienta, en esa media luz. *Muchacha en azul*, le habría puesto a tu retrato —rió en cascada aquella voz juguetona.

5

La historia de Herman en París, en el diario de Hilda, comenzó aquella noche de octubre en la recepción de la embajada de México, cuando él tuvo la ocurrencia de acercarse y hablarle.

Hilda guardó silencio. No estaba acostumbrada a hablar con extraños.

—Escogiste el mejor sitio —dijo halagador.

Hilda alzó la vista. Era extranjero aunque hablara español sin acento y como mexicano: esa piel blanca, esa nariz larga y afilada y esos ojos azul cobalto no podían ser de ningún mexicano. Hilda había aprendido en el viaje a distinguir a los extranjeros aunque quisieran pasar por nacionales: siempre los delataba algo, aunque fuera mínimo, como la forma de tomar los cubiertos o sostener una copa o la ingrata y súbita manera de emplear mal una preposición. Herman no iba vestido para una fiesta como los mexicanos, sino como para quedarse en casa o ir al campo: no tenía corbata ni traje sino unos pantalones de pana, unos zapatos de goma, una camisa vieja y un saco gastado.

Herman no era joven como el ex marido de Flora ni viejo como los tíos. Tampoco varonil como su padre ni bien parecido como James Darren: era un hombre diferente.

Hilda no sabía calcular la edad. Siempre se decía a sí misma que si fuera testigo de un asalto o de un crimen, y le preguntaran la filiación del delincuente, no sabría describirlo. No tenía parámetros para calcular la edad ni la estatura, pero se obsesionaba por fijarse en detalles que pudiera recordar de la gente. Aquel hombre de edad indefinida tenía el cabello casi albino de tan rubio, los labios delgados y una cicatriz gruesa en la mano izquierda.

—¿Quién eres? —musitó Hilda interrumpiendo un bostezo.

—Sulzer.

—...

—Herman Sulzer.

Herman Sulzer había nacido en la ciudad de México en 1923. Su padre había sido médico del American British Cowdray Hospital, en las calles de Mariano Escobedo, fundado por Lord Cowdray, el dueño de la compañía inglesa que buscó petróleo en el sureste de México, en Tabasco, durante la época de Porfirio Díaz. El ABC, donde nació Hilda, era un sanatorio construido con los planos de los ingleses para un hospital en la India; por eso su arquitectura de jardines y módulos, puentes, rampas y mosquiteros nada tenía que ver con el clima templado de la ciudad de México.

En 1920, después de la Primera Guerra Mundial, hacía falta en el hospital un bacteriólogo; y como Suiza tenía, llamaron al doctor Sulzer. Allí, en el ABC, había conocido a su mujer, una enfermera canadiense de origen inglés, con la que se casó en 1922.

El padre de Herman vivía en Basilea, donde era asistente de un profesor que le ayudó a conseguir su traslado:

—¿De verdad, Sulzer, quiere viajar a ese país de bárbaros? ¿A ese país de salvajes que se andan matando? —le preguntó el profesor, pues todavía no terminaba la Revolución.

Años más tarde, se instalaría con la familia en la colonia Del Valle, donde vivían los suizos como si lo hicieran en su país, excepto porque los vecinos del doctor, que atendía a los mexicanos sin cobrarles la consulta, se hacían cada vez más ricos porque importaban a México todo tipo de maquinaria, y el doctor Sulzer sobrevivía con un sueldo de la burocracia mexicana, pues había dejado el hospital inglés para trabajar en el de Enfermedades Tropicales.

Cuando en 1949, muerto Lord Cowdray, el doctor Sulzer encontró, en uno de sus viajes a México, a Lady Cowdray, ésta le dijo:

—*Sulzer? Have we met before?*

Y él le contestó con esa falta de mano izquierda, con esa forma abrupta e irónica que heredaría Herman:

—*I'm afraid we haven't, my lady. I only met your urine, because I was bacteriologist for the ABC.*

Más adelante, el padre de Herman sería médico del presidente Plutarco Elías Calles y de su gabinete, con lo que su salario mejoró sustancialmente; pero en 1936 regresó a Suiza con su familia porque allá el vino era, en definitiva, mejor; y porque acababa de ser expulsado del país Calles, el Jefe Máximo de la Revolución mexicana, por criticar las orientaciones políticas del presidente Lázaro Cárdenas.

Pero al doctor Sulzer, México lo volvería a ver varias veces, por los congresos médicos a los que asistía; y el país de su hijo mayor le reconocería sus investigaciones y su labor de tantos años entre los mexicanos con un título *Doctor Honoris Causa* de la Universidad Nacional, durante el régimen de Adolfo Ruiz Cortines.

Cuando el doctor Sulzer regresó a Suiza, Herman tenía la misma edad que Hilda.

—Era más pequeño que tú. Tenía catorce años —se equivocó.

—Tampoco sabes calcular la edad —le reprochó Hilda.

—¿Cómo?

—…

—¿Qué dijiste?

—Que yo voy a cumplir catorce.

—¿Qué haces aquí?

—¿Aquí?

—En París.

—Me trajo mi media hermana; ¿y tú?

—¿Yo?

—¿Qué haces aquí?

Asistía a un congreso de geología.

—¿Geólogo?

—¿Cómo que no sabes? El que estudia la tierra: cómo crece y se transforma. El que busca lo que guarda dentro y observa lo que tiene fuera. ¿Nunca has roto una piñata? Uf, todo lo que puede esconder —fue didáctico.

¿Suizo o mexicano? ¿No era una contradicción ser las dos cosas a la vez? Ella era sólo mexicana.

—Por nacimiento, mexicano; por las leyes de Suiza, suizo.

Herman no era delgado como los tíos ni gordo como su padre: tenía el pecho amplio y una estatura notable. Además, era desenvuelto.

A su vez, él le preguntó a Hilda con curiosidad por qué estaba allí con su media hermana, y ella terminó su historia con palabras que sabían a sueño y estómago vacío:

—¡No me gusta París!

Herman rió francamente sorprendido.

—¡No me gusta! ¡No me gusta!

—Cambiarás de opinión —fue gentil.

Y conversó con ella como un amigo que quisiera distraerla para que no se quedara dormida a esa hora en que los adultos de la fiesta habían subido el tono de voz y acrecentado la risa, alentados por el vino.

—Cuando tú naciste —exclamó el geólogo—, ya se había acabado la guerra.

—¿La guerra?

—La segunda.

—¿Estuviste en ella?

—Mientras los demás países peleaban, Suiza, que era neutral, se educaba. Yo aprendía latín en el liceo. Sabía más de Roma y de Grecia que del mundo donde vivía. Luego estuve en la universidad, por eso fui a África: no había más que geólogos jóvenes formados en Suiza.

En París, aun entonces, todo el mundo hablaba de la Segunda Guerra; e Hilda descubriría más adelante, en los vagones del metro y en los autobuses, los asientos especiales para los mutilados de combate; Flora, en sus clases de historia, le hablaría de los refugios antiaéreos donde pasaban la noche los parisinos durante los bombardeos o cada vez que las sirenas daban la señal de alerta.

—¿Estuviste en África? —interrogó Hilda.

—Sí —contestó Herman mientras tocaba en su recuerdo el cuerpo de una negra delgada y alta, de cualquier edad entre los diecisiete y los veinticinco años, junto al suyo, en el catre: los pechos duros y los pezones erectos bajo la sábana. Sentía aún en su memoria la mano que lo acariciaba a esa hora fresca en que los pájaros recibían el amanecer, y debía levantarse a organizar la jornada.

Cuando Herman llegó al Congo, tenía la impresión de haber estado ahí antes porque de niño había viajado a Guerrero, en la costa mexicana del Pacífico, con sus padres:

Las palmeras.

La vegetación exuberante.

El río Balsas lleno de peces y lagartos.

Un calor del demonio.

Las lagunas de Acapulco.

Le dieron cincuenta hombres de distintas tribus: balekas, bakelas, bakusus, bakumus y bakasais... diez de una, diez de otra. Y como las tribus tenían rivalidades ancestrales que con el tiempo se acrecentarían cada vez más, se convirtió, como los otros geólogos, en el jefe de una nueva tribu irreconciliable consigo misma: ya daba órdenes, ya organizaba las comidas de los trabajadores o actuaba como juez en los pleitos y las venganzas.

Hilda se dio cuenta de que la cara del suizo se había transformado como un mueble viejo recién pulido: los ojos le brillaron, la mirada era evocadora. Se llenó de curiosidad y despertó.

—¿Qué hacías en África?

—Tonterías germanas. Toda mi vida he hecho tonterías germanas.

—Cuéntamelas —pidió.

—Ésa es una historia larga. En otra ocasión te la contaré. Hoy tienes sueño y estás cansada, y yo me voy a pasear.

—¿La semana que entra? —tanteó, segura de que era posible volver a verlo.

—Estaré en México —respondió viendo el reloj.

Herman había ido a la embajada con sus compañeros del Instituto de Geología de la Universidad Nacional Autónoma de México. Si por él hubiera sido, habría ido a un concierto:

—¿No te parece?

—...

—Venir a París a la embajada de México es estúpido. ¿No crees? ¡Estos mexicanos pendejitos vienen a París a comer chile!

Así era Herman Sulzer. Directo y franco como los extranjeros.

—¿Cómo se escribe Súlser?

—*Voici* —sacó su tarjeta.

—Yo no tengo —dijo Hilda con inocencia.

Herman jugó:

—La próxima vez que nos encontremos me la darás.

—Es un trato —no pudo reprimir un bostezo. Luego agregó—: Pero no te vas a acordar de mí, no sé cuánto tiempo me voy a quedar aquí.

—¿Crees que se me van a olvidar esos ojos? —fue amable otra vez.

—Sí.

Herman Sulzer meditó un momento y sonriendo le dijo como si estuviera explicándole una teoría sobre la formación de la tierra:

—Tendrás que recordarme cuando me des la tarjeta: *Voici, monsieur. Je vous ai connu à Paris et j'attends l'histoire de l'Afrique depuis ce temps là.* ¿Entendiste?

Tres años en el Instituto Francés de América Latina de la ciudad de México con los libros de texto de la Librairie Hachette habían dado a Hilda esa posibilidad:

He aquí París. En París se habla francés. He aquí a Hilda y a Flora en París hablando francés. ¿Quién es Hilda? Hilda es una muchacha. ¿Quién es Flora? Flora es una mujer. Hilda es la media hermana de Flora y va a la escuela mientras Flora trabaja. En París es otoño y hace frío. Las flores de los árboles cambian de color y caen, y ese espectáculo le gusta a Hilda...

Había ido al IFAL orillada por su madre:

—Para que no te vaya a pasar lo que a mí, que no quise estudiar nada.

Quizás eso también había animado a Flora a llevarla consigo a París:

—Ya conoce el idioma. Le será más fácil. En unos meses, se soltará.

—¿También hablas suizo?

41

—Claro, el dialecto de Zurich, pero mi lengua materna es el inglés. Ya te dije que mi mamá era canadiense.

—¿Cuántos idiomas hablas?

—Inglés, alemán, el dialecto de Zurich, español, francés y swahili.

—¿Y qué?

—Swahili, el idioma de unas tribus del Congo y del África oriental.

Cuando Herman Sulzer estaba haciendo el servicio militar, el teniente que tenía bajo su mando al grupo lo formó en el patio del cuartel y ordenó:

—Que dé un paso al frente quien hable dos idiomas.

Se adelantaron cinco jóvenes.

Volvió a ordenar:

—Que dé dos pasos al frente quien hable tres idiomas.

Se adelantaron tres muchachos.

Volvió a ordenar:

—Que dé tres pasos al frente quien hable cuatro idiomas.

Entonces Herman dio tres pasos al frente, orondo y vanidoso.

El teniente terminó:

—A usted, Sulzer, le toca lavar los baños esta semana.

Hilda miró otra vez la cicatriz en la mano izquierda de Herman y no se atrevió a preguntarle qué le había pasado, que le había dejado deformes los dedos índice y pulgar.

En México, Herman Sulzer había estudiado en el Colegio Alemán. Le habían hecho un examen de admisión que no pasó; sin embargo, le dijeron a su padre:

—Hemos notado ciertos rasgos en su carácter y una inteligencia que no es común. Le vamos a dar seis meses.

Cuando llegó a Suiza en 1936, leía a Goethe mejor que los suizos, en un perfecto alemán de Hamburgo.

—¿Suajili?

—Swahili o kiswahili, el habla "del decir buenos días".

—¿Qué?

—*Kisema* es "decir"; y suhahili, "buenos días, quiúbole".

Lo había aprendido en la cama con una mujer como sus jefes rusos.

—¿Es difícil?

—Como todos los idiomas, tiene sus problemas.

Entonces, una luz los sorprendió. Les habían tomado una fotografía que semanas más tarde fue a dar a las manos de Flora, a la Oficina de Turismo, y después a las de Hilda. Herman Sulzer hablaba con ella mientras sostenía un vaso de vino blanco en la mano derecha. Estaba en la plenitud: 39 años bien vividos que le sentaban de maravilla.

Algo había en la personalidad de Herman que sedujo a Hilda, y el deseo de volver a verlo la atrapó. Era franco, directo, agradable, y tenía el carácter fuerte y la mirada más aguda que conocía.

Aquella tarjeta fue lo primero que pegó en un álbum que llenaría con boletos del metro, del teatro, del cine y de museos, con programas, fotografías y envolturas de chocolates y caramelos, y dibujos que su hermano echaba, de vez en cuando, en un sobre sin más palabras que una dedicatoria:

"De tu hermano que te quiere y te extraña. Antonio"

Su madre no le escribía porque estaba demasiado ocupada cimentando trincheras y refugios y planeando una fuga, y su padre tampoco porque, como siempre, vivía agobiado fabricando instrumentos de guerra, cobrando las habitaciones de sus hoteles y haciendo armas más sofisticadas que su esposa; y, porque, se lo diría Flora más adelante:

—¿No entiendes que se deshicieron de ti?

A un lado de la tarjeta de Herman Sulzer Hilda escribió:

Un día me va a contar la historia de África.

Y pegó la fotografía de su primera noche en París.

6

Unas semanas después, luego de cambiarse tres veces de hotel, Flora encontró un departamento muy cerca del Bosque de Boloña, lujoso pero diminuto. Un pisito elegante, un departamento de buen gusto cuyo dueño trató de enamorarla apenas se lo rentó.

—¡Ah, no, señor! Eso no venía en el contrato —le había reclamado Flora, delante de Hilda, echándolo del piso.

—Así tienes que cerrarles la puerta, Hilda.

En ese departamentito ningún mesero español serviría para el desayuno *croissants* recién horneados, como en el pequeño y cercano al Arco del Triunfo, el Mont Blanc, donde el conserje no había recibido a Hilda con una mirada impúdica sino con salero:

—¡Con esos ojos, tendrías que ser mora, chiquilla!

Un departamento de soltero en un edificio del Boulevard Flandrin, donde vivía el ministro del Interior, y donde las medidas de seguridad, por los atentados de los argelinos independentistas, ahondaban el miedo en el corazón de Hilda, resquebrajado por la ausencia de cartas de sus padres.

Cada vez que los guardias del edificio cambiaban de turno, los nuevos le pedían el pasaporte que estudiaban con detenimiento, y le preguntaban si la piel morena y los ojos verdes no eran los de una argelina rebelde, aunque también mostrara su carnet de identidad mexicana otorgado por la policía francesa. Ya la habían detenido dos veces a la entrada del metro en las estaciones Trocadéro y Étoile, para pedirle sus papeles porque parecía argelina para la policía, mora para los españoles o italiana para las amigas de Flora, pero nunca mexicana.

Flora le había dicho que llevara consigo sus documentos y punto:

—A otra cosa. Nada de que te da miedo.

Un departamento en miniatura y de buen gusto, en el primer piso de un edificio antiguo y aristocrático, al que Flora subía por el elevador en forma de escaparate, e Hilda por la escalera cubierta con un tapete rojo, para llegar antes y prender la luz del piso, que duraba encendida unos minutos, y abrir el departamento mientras Flora se peleaba con las puertas del elevador porque salía de él con tanta dificultad como de un laberinto: tenía que deshacerse de las puertas de vidrio y marcos de caoba que se abatían hacia fuera pero que regresaban sobre ella impidiéndole el paso con los bultos que siempre cargaba. Y luego, tirando todo, tenía que abrir las puertas plegadizas de metal que daban acceso al elevador.

Una sola recámara con cortinas de seda a rayas durazno y azul marino, tapizada en seda color durazno que hacía contraste con la sobrecama marina. Un baño cubierto de espejos, unos muebles de lujo, una tina enorme, en la que Flora se sumergía con aceites aromáticos, y una ducha de teléfono con la que Hilda mojaba, sin querer y con frecuencia, la alfombra blanca; una cocinita de juguete donde no cabrían las dos al mismo tiempo, y una estancia moderna y elegante con un amplio balcón hacia el bosque, donde había un discreto sofá cama para Hilda, quien quedó inscrita en un colegio católico de la Rue de l'Amiral d'Estaing esquina con la Rue de Lübeck, a dos cuadras del consulado de México: 9 Rue de Longchamps, y a una estación del metro de la Oficina de Turismo donde su hermana promovía las ruinas y playas de México, y hablaba a los turistas de la cultura de los grupos indígenas mexicanos:

—En la época de la conquista española, había varios pueblos indígenas importantes además de los aztecas y los mayas, sabe...

Pero Hilda no quedó con las francesas de su edad que entraban por Lübeck, al otro lado del patio, y que estaban bajo el cuidado de las hermanas de La Asunción, porque el curso iba muy avanzado, sino con las extranjeras como ella, que dirigía Mademoiselle Anita, una polaca sesentona, firme y decidida como un general pero con el corazón dulce y suave como un aguacate:

—Ven aquí, mi pequeña Jeremías.

—Me llamo Hilda.

—...señorita Anita.

—Me llamo Hilda, señorita Anita.

—Hilda, mi pequeña Jeremías.

Unas extranjeras como ella, pero hijas de hombres prominentes o diplomáticos, que entraban y salían de la escuela porque hacían visitas guiadas por monumentos históricos y museos; unas extranjeras como ella, pero que en su mayoría no sabían hablar más que su propio idioma, y no localizaban México en el mapamundi; unas extranjeras de costumbres distintas, a las que Hilda observaba con atención: la mayoría no se rasuraba las axilas, las orientales no mostraban los brazos, las españolas se vestían como modelos, las alemanas eran disciplinadas.

Estaban ahí, tomando clases:

De francés: El complemento del objeto directo puede ser:
Un sustantivo,
un pronombre,
un infinitivo,
una preposición.

De literatura: *De la musique avant toute chose...*
De historia de Francia: Los Carlos:
    El Magno,
      El Calvo,
        El Simple,
          El Bello,
            El Sabio,
              El Bien Amado,
                El Victorioso,
                  El Afable.

Y del arte:
    Un vitral,
      una fachada,
        una bóveda,
          un contrafuerte,
            una columna y un capitel.

Unas compañeras que eran mayores y no tenían tiempo de aprenderse de memoria *El Cid* de Corneille ni *La conciencia* de Victor Hugo porque se iban a pasear con los novios por el Barrio Latino o los jardines de Luxemburgo o por los Campos Elíseos, o iban a tomar café a Montmartre, o a bailar a una *boîte de nuit*, o de compras a las Galeries Lafayette o a La Samaritaine porque siempre necesitaban algo; y por lo tanto, no tenían nada de qué platicar con Hilda que era la única que le daba la lección a Mademoiselle Thérèse, una viejita que usaba zapatos de goma, como Herman Sulzer, y sombrero de red como las mujeres en las películas de los años cuarenta, y que se empolvaba mucho la nariz, se le pasaba la mano en las chapas y tenía bigotes y barbas como los señores.

A Flora, la piedra en el zapato le había producido una llaga. Había querido educar a su hermana, salvarla de la brusquedad de su casa y contar con una compañía, pero se había equivocado de pareja. Estaba arrepentida de haberse llevado con ella a una chica compleja que no se dejaba conocer y menos aún manejar como un carrito de bebé. Ya tenía bastantes problemas que resolver en la Oficina de Turismo con tan poco personal y presupuesto para hacer promoción, como para sobrellevar también la adolescencia de Hilda y su susceptibilidad. Aunque no era en esencia rebelde, había algo en ella que no le permitía recibir órdenes, así que aprendió a dar sugerencias: Qué tal si...

En la mañana, Flora se adelantaba a la Oficina de Turismo dejando el cuarto en desorden y la cama sin tender; pero como Hilda entraba a la escuela a las diez, tenía la consigna de ordenar el departamento. A cambio de la limpieza, Flora hacía la cena para las dos porque comían juntas en la calle:

Chez toi: *Fois gras y millefeuilles.*
Chez René: xxxx.
Aux trois amies: *Sole meunière.*
Les deux gamins: *Gratin dauphinois.*
Bohème du Tertre: *Crème de potiron.*
Madeleine: *Bouillabaisse, tarte aux pommes.*
Étoile: xxxxxxxx.

Llevaba el control en su álbum: una lista de lo que más le había gustado de la comida, y donde marcaba con varias cruces los restaurantes que no le parecían buenos, y cuyo comentario hizo a Flora una sola vez:

—Allí, no quiero ir. La comida estaba horrible.

—Te entregaron sin dote, hermanita, así que vamos a donde yo diga.

49

7

Después de arreglar la estancia y guardar la ropa de Flora —quien se arreglaba todos los días como si fuera a ir a una fiesta desde que había conocido en una recepción a un peruano llamado Enrique—, limpiar el baño y la cocina, Hilda caminaba hacia la calle Lübeck con la hija del embajador de Malasia que vivía a dos cuadras de ella, en el mismo bulevar.

Natipah, la hija de Rahman, con la piel aceitunada, los dientes salidos y los ojos un poco rasgados, tampoco hablaba con las otras compañeras de la escuela aunque tuviera edad para ir a bailar o para entrar al Folies Bergère, al Lido o al Moulin Rouge, porque era musulmana y su religión y sus costumbres le prohibían ir por París como si fuera una impúdica; pero acechaba a Hilda desde la ventana de su habitación y bajaba enseguida para que su amiga no tuviera que anunciarse y, de camino a la escuela, le explicaba cómo era y dónde estaba Malasia:

Abajo de China, cerca de Tailandia y Singapur, con su capital Kuala Lumpur, y un calor húmedo que se pegaba al cuerpo y unas lluvias torrenciales que hacía crecer las plantas hasta dentro de los roperos. Malasia, llena de montañas en el interior y de valles cerca de un mar azul como el cielo de Malasia, no como el de París. En Malasia había bosque y selva y monos y serpientes, y la gente cultivaba arroz, pimienta, té, piña y coco, y exportaba petróleo, hule y estaño.

Y Malasia se llamaba así porque hacía mucho tiempo, cuando un rajá de Singapur vio que la hija de su primer ministro era extraordinariamente bella, más bella que cualquiera de sus treinta esposas, la deseó tanto tanto que la llevó a su palacio; pero las favoritas de su harem se pusieron muy celosas, y le hablaron al rajá tan mal de ella que éste terminó arrinconándola.

El ministro, enojado por la ofensa hecha a su hija, mandó un mensaje al soberano del poderoso reino javanés de Majapahit, en el que decía que había llegado el tiempo de que conquistara Singapur. El rey de Majapahit envió, entonces, una flota de cuatrocientos barcos que llevaba miles de hombres... Y la batalla comenzó.

Cuando el rajá le pidió al ministro arroz para sus soldados, este último le mintió diciéndole que no había ni un solo grano, y durante la madrugada abrió las puertas de la ciudad para que entraran los javaneses; pero el rajá tuvo tiempo de escapar con su gente.

Entonces, la furia divina cayó sobre el ministro: el arroz guardado se desapareció, y tanto él como su esposa se convirtieron en dos rocas enormes que todavía pueden verse en el canal de Singapur.

En su huida, el rajá se detuvo en Muar, donde había tantas iguanas que los soldados tuvieron que matarlas, pero el lugar apestaba, así que siguieron adelante y se detuvieron en otra parte de la costa.

Mientras el rajá de Singapur descansaba bajo la sombra de un árbol, había dicho Natipah, vio que un venadito atacaba a su perro. El venadito empujó al perro con tal fuerza que éste fue a dar al agua. Entonces el rajá pensó que ese lugar era bueno porque incluso un diminuto e indefenso animal tenía fuerza y coraje.

"Aquí construiré una nueva y hermosa ciudad", pensó y fundó Malacca, ya que el árbol bajo el cual descansaba era un *malacca*.

Con el tiempo, terminaba el relato de la hija de Rahman, Malacca pasó a ser Malasia.

E Hilda le contó a Natipah que ella sabía una historia parecida, porque antes de que los aztecas llegaran al valle de México (lo aprendía todo mundo en la escuela), habían peregrinado por todos lados porque nadie los quería, hasta que le pidieron al señor de Culhuacán que les concediera un lugar para establecerse, y éste los envió a Tizapán con el propósito de que las víboras ponzoñosas, porque había miles allí, los mataran; pero cuando los aztecas vieron las culebras, se alegraron, las asaron para comérselas y acabaron con ellas. Y más adelante fundaron lo que después sería la ciudad de México, donde su dios les había dicho que lo hicieran: al encontrar un águila devorando una serpiente. Y la vieron sobre un nopal en un islote. Y por eso, le aclaró a Natipah, el escudo de México era un águila parada en un nopal devorando una serpiente.

Natipah contaba su historia como cuentos de *Las mil y una noches* y hablaba de los arrozales como si los viera moverse con el viento en plena avenida Victor Hugo; y describía los ríos como si el Sena fuera un arroyo. Su idioma era el bahasa, pero dominaba el inglés y entendía un poco de chino y tamil porque también se hablaban en Malasia.

Cuando Natipah le explicaba a Hilda la conquista de Malasia por los portugueses al mando de Alfonso d'Albuquerque, que construyó una muralla inmensa alrededor de la ciudad, mandó a sus súbditos a que, montados en elefantes, proclamaran su victoria, e impuso el cristianismo, ella le contaba de la de México por los españoles. Cuando describía la fusión de las culturas asiáticas en Malasia o alguno de sus mitos, Hilda le contaba las historias que repetía la gente de San Juan sobre el Señor y la Señora Dos que tuvieron cuatro hijos: Negro, Rojo, Azul y Blanco, y a cada uno le regalaron un punto cardinal para que viviera:

Decían que al hijo Negro le dieron sus padres el poder sobre el viento nocturno, lo hicieron dios de la noche y lo disfrazaron de tigre porque la piel del tigre se parece al cielo manchado de estrellas.

Al hijo Rojo, contaba la cocinera de San Juan, lo hicieron fuerte y le dijeron que su tarea sería darle al hombre lo necesario para que comiera; por eso, vigilaba el renacer de la vegetación y procuraba una buena caza.

Al hijo Azul le regalaron el poder sobre el viento del día y el de convertirse en la estrella de la mañana y de la tarde; y para que no jugara solo le dieron un gemelo que protegía todo lo que era doble.

Y, finalmente, al hijo Blanco lo nombraron sus padres dios del día, del sur y de la guerra.

Luego de crearlos y regalarles sus dones, el Señor y la Señora Dos le encomendaron a sus cuatro hijos la creación de todos los demás dioses, el mundo, los hombres y su alimento; por eso, la gente de San Juan exclamaba cuando oía la primera risa de un niño por la mañana: "Se está riendo el Sur"; y cuando oía su primer llanto por la noche: "Ha de estar triste el Norte".

Los campesinos le habían dicho a Hilda que cuando los hijos del Señor y la Señora Dos eran niños, se la pasaban riendo y jugando muy quitados de la pena hasta que crecieron y juzgaron que ya era tiempo de obedecer a sus padres, y entonces inventaron el fuego, y con él hicieron el sol y la luna; y después crearon la tierra y pusieron en ella el agua para que crecieran las plantas y los animales; y luego dieron vida a un hombre para que labrara la tierra y una mujer para que hilara y tejiera. Y, por último, hicieron el maíz, el principal alimento del hombre, y cada quien se fue para su casa a seguir las órdenes de sus padres.

Natipah escuchaba atenta como si esos mitos le recordaran los suyos. Y cuando se dolía de la llegada de los holandeses y los ingleses, Hilda permanecía callada. Entonces el silencio se volvía gris y frío y comenzaba a oler a café exprés recién hecho en la barra de los pequeños *bistrots* que iban pasando. A veces la lluvia, con su chipi chipi constante, las obligaba a subir a un autobús o a descender al metro y la conversación se hacía difícil.

A veces se entendían por medio de dibujos, cuando, por ejemplo, Natipah decía una palabra que Hilda no entendía o cuando Natipah no sabía cuál era la diferencia entre las pirámides mexicanas y las egipcias, o no podía entender cómo eran las casas de San Juan, pintadas de colores vivos y brillantes con sus techos de tejas de barro y sus patios con geranios.

Las dos habían crecido cerca de los plátanos y los mangos, pero Natipah no conocería el aroma de los huele de noche, ni Hilda el de la tierra bendecida por el monzón.

A veces no hablaban. Caminaban juntas en el ruido de la mañana parisina de comercios que se abrían y de hombres y mujeres que compraban el periódico y caminaban de prisa, muy abrigados, hacia el trabajo. Mientras duraba el silencio, como si pasara un vagón del metro y no pudieran oírse, Hilda imaginaba a Natipah orando cinco veces al día hacia la Meca.

Hilda le hablaba a Flora, a la hora de la comida, de la vida opulenta de Natipah en Malasia, con tantas sirvientas y tantas distracciones con las mujeres mayores de su familia, y la vida solitaria de Natipah en París con una sola asistente, encerrada, porque sus únicas salidas eran a la escuela y a los museos, ya que después permanecía dentro de la embajada como en cautiverio, mirando, por la misma ventana por la que la espiaba a ella, pasar la vida.

Ella, en cambio, tenía un balcón inmenso que abría aunque hiciera fresco, porque viendo por él las copas de los árboles a lo lejos soñaba, y su imaginación la hacía llegar a San Juan y la ciudad de México, o inventar su futuro y al hombre que alguna vez sería su esposo.

También le describiría a Flora el colorido de los vestidos malayos, que se parecían un poco a los saris indios, pero decía Natipah que la falda se llamaba *sarung* y la blusa larga *baju kurung*, y ninguna de las dos prendas debían proteger mucho del frío a su amiga. Así decía:

—Mi amiga Natipah.

Y lo creía. Creía en su amistad aunque limitada por la diferencia del idioma y las costumbres: y no había nada que intrigara más a Hilda que descubrir las diferencias y las afinidades entre ellas.

Y por la tarde, después de la escuela, Hilda llegaría a la Oficina de Turismo a hacer sus deberes escolares, mientras Flora o su ayudante cerraban al público y hacían sus planes para promover las ruinas mayas del sureste o las playas tropicales del Golfo de México.

Algunas veces, Flora e Hilda iban juntas de compras, pero cuando Flora tenía cita en el salón de belleza para que la arreglaran porque iba a ver al peruano (del cual se quejaba Hilda: "No me simpatiza, se quiere hacer el gracioso"), a ella le tocaba ir a la panadería o a la carnicería.

—¿Cómo pido la carne?

—Como puedas.

De vez en cuando, los sábados o los domingos, veían una película o iban al teatro Chaillot, a la Comédie de los Campos Elíseos, al Madeleine o al Odeon, o bien visitaban al director de la Casa de México, Manuel de la Lama, en la Ciudad Universitaria, o a doña Filotea Domingo en la avenida Kléber.

Doña Filotea, una catalana, viuda de Marcelino Domingo, *¿On va Catalunya?*, escritor y periodista, miembro del Partit Republicà Català y diputado a cortes de Barcelona, que había viajado a México en 1922 y 1937 haciendo campaña por la República Española.

Doña Filo vivía sola. No tenía radio ni televisión, porque gastaban mucha energía y la electricidad era cara para su monedero, sólo libros que leía en voz alta a Hilda sentada en su mullido diván bajo una lámpara de pie. Doña Filo le hablaba de su marido, que había fundado en 1929 el Partido Radical Socialista y había peleado contra la dictadura de Primo de Rivera y firmado el Pacto de San Sebastián y, luego de la sublevación de diciembre de 1930, había huido a Francia, para regresar proclamada la República, y más tarde formar parte del gabinete de Azaña como ministro de Educación.

Doña Filo era una abuela catalana encorvada por la edad, con una vejez pobre y solitaria, pero que no había perdido la firmeza de su carácter ni el amor por Cataluña.

Pronunciaba en lugar de la "a" nasalizada de *pain*, una "e"; y en lugar de la "a" nasalizada de *vin*, otra "e".

Cuando Hilda se quedaba a dormir con doña Filo porque Flora salía con el peruano ("No me gusta nada para tu hermana. Y mira, más sabe el diablo por viejo que por diablo"), iban a comprar *"Deux tranches de jambon, deux tranches de fromage et du* vein *et du* pein", y mientras cenaban en la pequeña estancia del departamento de la avenida Kléber, le contaba de sus viajes a México con su marido, donde había conocido al abuelo materno de Flora, un sonorense cuyos antepasados llegaron al puerto de Guaymas, Sonora, en 1779; y luego de la cena le leía algunos capítulos de *El Lazarillo de Tormes*, o le enseñaba canciones españolas de la guerra civil:

El ejército del Ebro,
rumba la rum ba ba,
una noche el río pasó,
ay, Carmela, ay, Carmela...

Una noche, Hilda se atrevió a preguntar a doña Filo:

—¿Por qué no me escriben mis papás? No quiero vivir con Flora.

Y la señora Domingo contestó directa:

—Tu padre es un tarambana. Eso no te lo tengo que explicar yo. ¿Qué querías? ¿Que te golpeara también a ti, cuando te empezaran a rondar los moscardones?

—...

—Cualquier gilipollas, ¡vamos!

—¿...?

—¿Qué idioma hablas, caramba? Los chicos, niña, los mozalbetes que rondan a las guapas como tú. No lo aguantaría. Le hizo la vida imposible a Flora; ya la ves, su madre tuvo que volverse a Sonora por la vida que les daba. ¿Quieres eso?

—...

—Ya es hora de que abras los ojos.

—¿Por qué no me escribe mi mamá?

—Por mal nacida.

Hilda se ruborizó.

—No quiero a Flora.

—Pues deberías.

—Yo no le pedí que me trajera.

—Pues vaya lío, chiquilla. Como decía mi padre: "Es fácil romper la rama de un olivo; devolverla al árbol, imposible". Tú, allí, ya no serías la misma. Eres otra. Y no me mires así. Entiendes, ¿verdad?

—No.

—¡Ya entenderás!

58

—Quiero regresar.

—Flora sólo ha querido ayudarte. ¿No hubiera sido más fácil para ella venir sola? Date tu tiempo.

—¿Podría vivir con usted, doña Filo? —rogó Hilda.

—Soy demasiado vieja para meterme en problemas. La vida me ha cansado.

—Por favor.

—Quedarme contigo de vez en cuando no está mal, nos acompañamos las dos; pero para tomarlo de tarea...

—Una temporadita, ¿sí?

—Ya cambiarán las cosas.

Y cambiarían un poco.

Semanas más tarde, comería con las internas, del otro lado del patio, invitada por Mademoiselle Anita:

—Ven a comer con nosotras, mi pequeña Jeremías.

—Me llamo Hilda.

—...señorita Anita.

—Me llamo Hilda, señorita Anita.

—Hilda, mi pequeña Jeremías.

—¿Por qué me dice Jeremías?

—...señorita Anita.

—¿Por qué me dice Jeremías, señorita Anita?

Desde la ventana del salón de clases, Hilda veía jugar a las francesas a la hora del recreo y caminar, en un ir y venir paciente, a las monjas en sus hábitos morados.

Una tarde, durante el invierno, Mademoiselle Anita la había mandado a darle un recado a la mère Véronique. Hilda la había buscado por todas partes, menos en la capilla, en donde entró subrepticiamente por la escalera del coro porque no la habían dejado pasar por la puerta principal.

Había entrado allí, más que para ver si dentro estaba la mère Véronique, atraída por la música. Y presenció algo insólito: tomaban el hábito tres religiosas de La Asunción. Tres jóvenes negras desfilaban por el pasillo central con vestidos de novia y una corona de flores que ceñía el velo sobre sus cabezas.

Escondida en la escalera, por las rendijas, las vio tirarse al piso de mármol y yacer ahí, boca abajo, con los brazos en forma de cruz, mientras su comunidad oraba y cantaba como los ángeles. Cuando se incorporaron, las religiosas que ayudaban en la ceremonia les quitaron el velo y el sacerdote les fue cortando el cabello ensortijado, y luego les puso un anillo de oro en el anular.

Hilda recordaría en sus sueños sobre todo los cantos y las oraciones y los rizos apretados cayendo sobre los vestidos blancos. La música también. Y nunca olvidaría a aquellas novicias recibiendo el hábito morado de su orden. Tal vez ella haría lo mismo un día aunque nunca lo hubiera pensado antes, le contaría a Mademoiselle Thérèse. Tal vez ella se haría monja y se iría de misionera al Congo.

Esa noche abrió el álbum, buscó la tarjeta de Herman Sulzer y puso su dirección en una postal:

Herman:
No se te olvide que un día vas a contarme la historia de África.
Quiero saberla.
Hilda

Y pensó en Herman Sulzer, en aquel hombre rubio, alto, con los labios delgados y unas entradas incipientes en el pelo. Muchas veces volvería a preguntarse cuál sería su historia de África; y recordaría aquellos ojos azules, intensos e inteligentes.

8

Para salir a la calle, Mademoiselle Thérèse se tocaba con un sombrero verde pistache con una red gris que le caía sobre los ojos. Siempre, como un gesto inseparable de su personalidad, subía la red sobre las flores rosas que lo adornaban, pero ésta caía, de inmediato, como una cortina de metal. Cuando llegaba al salón de clases, lo primero que hacía era quitárselo y ponerlo en el perchero sobre la chaqueta de lana; luego, daba los buenos días.

Había sido una escrupulosa maestra de liceo, que después de su jubilación entró a trabajar para las extranjeras de Mademoiselle Anita. Ella, junto con otras maestras, estaba encargada de barnizarlas de cultura general, pero las alumnas no se dejaban untar demasiada. Ya había cumplido diez años de batallar con jóvenes inquietas e informales, y sabía hacerse de la vista gorda ante el relajamiento para cumplir con las tareas y para comportarse durante las caminatas históricas a las que salían tres veces por semana, ya en la mañana, ya en la tarde, dependiendo de cómo hubiera presentado en clase los temas que salían a observar. Por eso, dedujo Hilda, por las largas caminatas, usaba aquellos masculinos zapatos de goma.

Una tarde anunció:

—Mañana en la mañana vamos a dar un paseo por los cementerios de Père Lachaise y Montparnasse, señoritas.

Y las extranjeras se vieron unas a otras desconcertadas, porque estaba bien pasar por la Closerie des Lilas, en cuya terraza Hemingway había escrito un libro, como había dicho Mademoiselle Thérèse, o por la iglesia gótica de Saint Séverin, o por la simétrica Place des Vosges, donde nació Madame de Sevigné y Victor Hugo vivió 16 años, pero ¿quién quería ir de visita a un cementerio?

La protesta no tardó, y la maestra tuvo que explicar que en esos cementerios descansaban personajes ilustres, y que era un privilegio ir a hacerles un pequeño tributo.

¿Pero qué sabían o qué les importaba a las extranjeras quiénes eran el inventor Pigeon, el músico Saint-Saëns y el escultor Laurens? El señor Citroën, sí, ése debía de haber sido el inventor del auto; y la señora Piaf... a ella sí, todo mundo la conocía por sus canciones como aquella de *Rien de rien*... que nunca había escuchado Hilda, a quien le gustaba Juliette Greco; y Jean-Paul Sartre y Simone de Beauvoir, los filósofos de moda que nadie había leído; pero...

Mademoiselle Thérèse insistió en que ¿quién no quería saber dónde descansaban los maestros de la literatura francesa Maupassant, Baudelaire y Proust?

—Ya podrán contar un día que visitaron la tumba de Oscar Wilde y la de Sarah Bernhardt.

—¿Sarah qué?

—...señorita Thérèse.

Las caminatas le gustaban a Hilda, aunque casi no platicara con Natipah porque las explicaciones eran sobre cosas que ella no conocía y si no ponía atención se enredaría con los tiempos y los estilos y los personajes.

Su paseo favorito había sido el primero. Lo recordaba con gratitud hacia la maestra porque le había mostrado que París era París, aunque ella viviera en esa ciudad con el corazón oprimido.

Aquella mañana cerraron los cuadernos, se levantaron por los abrigos y salieron a la calle. Mademoiselle Thérèse había dicho: "Vamos a explorar París".

Parecía una gallina caminando con ocho pollitas detrás, que se iban distrayendo en todas partes. Se iban rezagando, quedando lejos, y luego echaban la carrera, excepto Natipah e Hilda, que caminaban cerca de Mademoiselle Thérèse y la escuchaban con cortesía.

Iban a l'Île de la Cité porque allí, en esa isla rodeada por el Sena, había comenzado la historia de Francia, cuando, "fíjense bien", se llamaba Lutèce y no era más que un asentamiento de pescadores celtas conquistado por los romanos e invadido después por los francos que hicieron de la ciudad su centro religioso y la llamaron París, y comenzó la dinastía de los merovingios (ese nombre lo deletreó Mademoiselle Thérèse), que fue seguida por los carolingios y después por los capetos, y enseguida por los Valois, y finalmente, terminó la explicación, por los borbones.

Y les explicaría, sobre el mapa de la ciudad, antes de bajar al metro, cómo comenzarían el paseo por el Quai des Orfèbres para que conocieran el Palais de Justice y la joya, "porque es una joya, ya verán", de la Sainte-Chapelle, y luego seguirían por el Boulevard du Palais para llegar a la Conciergerie donde la pobre de María Antonieta estuvo encarcelada hasta que la sacaron de allí para que la decapitaran (divertida, hizo con la mano derecha como que se cortaba el cuello, y dejó caer la cabeza hacia adelante), y luego se detendrían en el mercado de flores y pájaros, para alcanzar el extremo del Hôtel Dieu; y por último, entrarían a Nôtre-Dame donde les mostraría las gárgolas, los vitrales del siglo XIII en forma de rosetas, la sala del tesoro, la galería de los reyes, la estatua de la Virgen y el Niño, conocida como Nuestra Señora de París, el coro.

Pero lo que Mademoiselle Thérèse hizo al salir del metro fue detenerse en una tienda a comprar unas baguettes y camembert, y pedirle a sus alumnas que se sentaran en las banquitas del muelle a comer un poco, a mirar el Sena y a embelesarse con la vista de Nôtre-Dame.

Luego dijo:

—*Voici Paris. Je vous en fait cadeau.*

9

Hilda había imaginado muchas veces a Herman Sulzer con su martillo de geólogo en la mano, caminando por la selva a través de los senderos abiertos por los elefantes, en las inmediaciones de los volcanes mexicanos, atravesando montañas y por la orilla de ríos y de lagos y lagunas, o en yacimientos mineros y petroleros.

A veces, también, lo imaginaba en una casa colonial, como solían tener los extranjeros en México, con un cigarrillo en la boca revisando unos planos en un estudio amplio y de buen gusto, donde tendría libreros de madera fina, atiborrados de libros: unos sobre Suiza, otros sobre México, algunos más sobre África, la mayor parte de geología. Y donde unos paisajes del campo mexicano firmados por el Dr. Atl y por José María Velasco, a quienes había descubierto en una exposición de pintura mexicana en el Museo del Hombre, colgarían en una pared, tras unos cómodos sofás verde botella. Así lo inventaba.

Era tan poderoso el recuerdo que tenía de Herman, que había comenzado a juntar rocas sólo por el gusto de pensar en él y de enseñarle algún día su colección: pedacitos de piedras de colores, brillantes u opacas, con minerales incrustados o vetas matizadas que compraba en el Mercado de las Pulgas por unas cuantas monedas que ahorraba al caminar en vez de transportarse en metro o en autobús para alcanzar a

Flora, y de los cambios que iba robando de las compras de la casa: caolín, pizarra, arenisca roja, mármol negro, azufre, yeso, gneis, marga, fosforita.

Le habían vendido el fósil pequeñito de un pez y un trilobite que atesoraba junto con las rocas, en una caja, bajo el sofá cama de la sala; secretos que sólo le había enseñado a Natipah, a quien no le daban permiso de ir a ningún lado de paseo.

A Natipah le había descrito el Mercado de las Pulgas, lleno de puestos donde podía encontrarse de todo: monedas, muebles, ropa, cristalería, porcelana, piedras bonitas como ésas.

—*Il faut y aller et voir. Il le faut, Natipah. Dis que tu viens chez moi faire un devoir et...*

No, Natipah no sería capaz de mentir como Hilda, porque era musulmana, y una musulmana, ya se lo había subrayado, debía vivir en paz consigo misma y con los otros, y no andaba de aquí para allá exhibiéndose. Musulmana, sí, porque otro rajá, descendiente del que fundó Malasia, soñó que lo visitaba el profeta:

"Serás ahora el sultán de Malacca. Mañana llegará un barco a la costa, y la tripulación descenderá para orar. Haz lo que te digan".

Y Natipah le aseguró que cuando aquel rajá despertó, olía a nardo y vio que había sido circuncidado, y luego de levantarse no hacía más que repetir la profesión de fe en árabe, la lengua del profeta; y como sus catorce esposas creyeron que el rajá se había vuelto loco, llamaron al primer ministro que pidió esperar a ver qué pasaba. Al atardecer, un barco atracó en la costa y la gente de Malacca, sorprendida, llegó hasta él a ver lo que estaba pasando.

El rajá condujo su elefante hasta la playa e invitó a los extranjeros a descansar en su palacio. Entonces, él y todos sus súbditos se volvieron musulmanes. Y los musulmanes no deben mentir, así lo pide el *Corán*, como tampoco los católicos. ¿No era verdad?

Aunque Hilda era católica, había aprendido a decir mentiras con mucha facilidad y sin remordimientos, porque le aseguraba a Flora que iría con Mademoiselle Thérèse a algún museo o de visita a un sitio histórico, y se escapaba una y otra vez al cine a ver *West Side Story*, porque los ritmos la volvían loca, se le metían en la sangre y se los sabía de memoria, así como los bailes que parecían fáciles porque sólo había que sentir la melodía para moverse, y porque la protagonista también era infeliz como ella, y porque la historia era tan verdadera como la que pasaban en la televisión sobre las bandas de argelinos y franceses que peleaban en los barrios pobres de París, y porque allí había aprendido más inglés que en la escuela, y porque la música de Bernstein se le metía en el cuerpo y la llenaba hasta el tope de sentimientos encontrados, porque quería amar y odiar así. Y la rabia que sentía por vivir una vida que no había pedido se le escapaba como el vapor de una olla de presión; y eso le permitía llegar al Boulevard Flandrin llena de fuerza; y si no fuera porque quería estudiar geología como Herman, sería bailarina o actriz o cantante como Natalie Wood:

> *María... I've just met a girl named María,*
> *and suddenly that name,*
> *will never be the same to me...*

Mentía con frecuencia para ir al Palais de Glace a ver patinar en hielo, al Jardín de Luxemburgo a disfrutar las marionetas, al Circo de Invierno a observar a los animales en sus jaulas, y a visitar a doña Filo, porque con ese costal de huesos que cargaba no le era fácil hacer el aseo de su departamento y a Hilda le gustaba ayudarle a poner un poco de orden y a sacudir; y luego, servirle un vaso de vino y un poco de queso u otro bocadillo que le llevaba de regalo para oírla jugar:

—Si sigues tratándome así, Hilda, terminaré por adoptarte, ¿sabes?

Le gustaba visitar a doña Filo para escuchar quiénes eran los personajes de sus fotografías o para que le leyera un poco las historias del Lazarillo o las de Pío Baroja, que también había vivido en París, o se regodeara en su odio a Franco:

—La República se proclamó en 1931, sin sangre. Ni un solo muerto costó su instauración; en cambio, Franco fusiló a los generales que no se sumaron a la traición, a los gobernadores republicanos, a los diputados comunistas y socialistas que cayeron en su poder, a los alcaldes y los obreros, a los dirigentes de sindicatos y de comités de izquierda, a los profesores de universidad y a los maestros de ideas liberales...

Al despedirse, Hilda rogaba:

—No le diga a Flora que vine.

—Ni que le has robado el queso para la abuela —la hacía avergonzarse.

A Natipah le contaría sus andanzas, y la joven malaya volaría con las alas de Hilda por París:

—*Tu n'as pas peur, Hilda?*

—*Mais non, Natipah.*

Pero aunque le contara a Natipah la historia de *West Side Story* no le podía transmitir la energía, la intensidad de la música, la coreografía de los bailes, el atractivo de Richard Beymer, el conflicto amoroso de Natalie Wood:

—*Il faut y aller et voir. Il le faut, Natipah. Tu dois dire à ton père que...*

Soñaba a Herman en mangas de camisa, revisando planos o fotografías aéreas, porque había visto en un programa de la televisión francesa cómo trabajaban los geólogos: Herman estaba inclinado sobre una mesa enorme, pegada a un ventanal lleno de luz, repleta de mapas, mientras en una camilla, junto a uno de los sofás, lo esperaban una lámpara encendida, un libro abierto y un whisky.

Lo imaginaba escuchando, mientras consultaba sus papeles, esa música especial que ponía Flora cuando llegaba su amigo peruano al departamento de Boulevard Flandrin como si fuera por ella para ir a la ópera, con traje de lana y corbata de seda; cuando Flora también se había puesto un vestido vaporoso y escotado; cuando en lugar de salir a un concierto o a una obra de teatro y a cenar, Flora había arreglado la sala con un ramo de rosas, un lujo, y había preparado, con ese insólito don suyo para la cocina (con sólo unas yemas y aceite de olivo hacía el milagro de la mayonesa, de la cual Hilda pensaba que sólo podría salir de un frasco de McCormick: "¿Pues qué cocinaba tu mamá?"), consomé con bolitas de queso, *coq au vin*, arroz blanco al vapor y, de postre, una isla flotante; o había cocinado sopa de langosta, otro lujo, brochetas de res con puré de papa y pastel de fresa con crema batida; o se había esmerado en el soufflé de queso gruyère, el pato a la mandarina con arroz silvestre y los mangos a la champaña.

Estas cenas hacían ver a Hilda que su media hermana estaba enamorada nuevamente porque, además, las servía sólo para dos en la mesa redonda junto al balcón de la estancia, alumbrada con un candelabro de Baccarat que había llegado con el menaje de Flora; cenas en las que si hacía frío no faltaban las castañas asadas en la chimenea; cenas preparadas con tanto esmero y tanto entusiasmo que impedían a Hilda confesarle a Flora que la mirada de Enrique, el peruano, no le gustaba porque cuando su media hermana no se daba cuenta, él la miraba como la había visto el conserje del Hôtel Piquet.

Hilda escuchaba bajito aquella música, desde la recámara donde le tocaba dormir en las noches de Flora; aquella música que salía del tocadiscos cuando la segunda botella de Bourgogne estaba terminándose (*Quand le vin est tiré, il faut le boire...*), y Flora iba a asegurarse de que Hilda no estuviera espiándolos —se hacía la dormida—, para bailar con su amigo a la luz de las velas, abrazada a él con tanta elegancia que se sentía en el ambiente una paz extraña, como algo que iba a llegar, porque aquello era, sin duda, una calma mentirosa, puesto que una bomba estaba a punto de explotar en el sofá cama de Hilda: *Unforgettable, I Don't Know Enough About You, Somebody Loves Me, Angel Eyes, I Can't Give You Anything But Love, Come Back to Me, I Must Have that Man, I Get a Kick Out of You...*

Eran voces de mujeres, en su mayoría, acompañadas de bandas, pianos y trompetas; canciones que no hablaban de guerras sino de amores y desamores, de alegrías y tristezas; canciones que escuchaba Hilda, cuando Flora no estaba, hasta aprendérselas de memoria, para imaginar que así bailaría ella alguna madrugada, porque se había enamorado, como la María del Tony de *West Side Story*, de algo imposible, aunque no supiera cómo llamar a ese deseo, a esa atracción, a esa fuerza que la obligaba a pensar en Herman Sulzer, aunque tuviera veinticinco años más que ella y sólo hubiera hablado con él unas horas, y no volviera a verlo nunca; porque se había enamorado, tal vez, de la promesa de un futuro distinto que llegaría, sin duda, una mañana.

Una y otra vez la voz de Peggy Lee daba vueltas en el tocadiscos:

You're mine, you.
You belong to me, you,
I will never free you.
You're here with me to stay.
You're mine, you,
you are mine completely.
Love me strongly and sweetly,
I need you night and day...

Pero la realidad de la casa de Herman, en el Ajusco, en la ciudad de México, confirmaría Hilda más adelante, era otra. Una construcción rústica y desordenada, a medio terminar, con papeles y mapas y planos enormes pegados en las paredes. Una recámara que parecía un taller de carpintería o de electricidad por la cantidad de herramientas puestas en los muebles. Un jardín agreste y escarpado, que se extendía a su voluntad, y donde algunas veces él mismo sembraba hortalizas o maíz.

Herman vivía en México como había aprendido a hacerlo en África: de una manera salvaje, indomesticable; sobre todo, desde la muerte de su mujer y de la partida de sus dos hijos.

Lo único que coincidiría con los sueños de Hilda era la enorme mesa de trabajo, llena de planos y fotografías aéreas, cerca de un ventanal.

Herman prefería, sobre cualquiera, la música de Mozart, Bach y Beethoven; y tenía la obra completa de Goethe y la de Shakespeare en el librero de su recámara.

10

Era la segunda vez que el peruano rozaba el muslo de Hilda de esa manera: no por accidente. La primera, también había pasado en un restaurante, y ella se quejó porque había creído que se trataba de algo accidental:

—¡Auch! ¡No me empujes!

Se disculpó de inmediato, como si hubiera sido un movimiento irreflexivo, y no pasó a más. No hubo ningún comentario, ninguna reacción de parte de Flora, quien no era imparcial para pensar algo en contra de su amigo.

Ahora, en Au Pied de Cochon, volvía a hacer lo mismo: empujar con su muslo el de Hilda, pero con un movimiento moroso y lánguido que no podía ser casual.

Hilda buscó la mirada de Flora, pero estaba distraída con el menú. Movió la silla y se sentó en el extremo, lo más retirado que pudo del peruano, para evitar que la alcanzara; y pasó en silencio el resto de la cena, sin participar de lo que sucedía a su alrededor. Sin verlos, siquiera. Como si no estuviera allí.

Le había dado sueño: las situaciones que no podía manejar le causaban un estado de ansiedad que se traducía en bostezos constantes. Sentía miedo y vergüenza: no quería levantar los ojos, por no encontrar sobre ella la mirada de ninguno de los dos.

Era culpable y cómplice:

Culpable por callar.

Cómplice por no delatarlo.

Pero Flora no le creería.

Una especie de "mortificación", como decía su abuela, de pesadumbre y tormento le oprimía el pecho. Si le contaba a Flora, lo más probable era que la regañara por andar inventando historias de la gente decente.

¿Si confiara en doña Filo? ¿Le serviría de algo decírselo a ella? ¿Tendría valor?

París, podría ser París, pero...

Para Flora, Enrique se había vuelto el centro del mundo. ¿Cómo iba a creer que ese centro era débil y estaba podrido? ¿Cómo iba a creerle a ella, que era un estorbo, y no a él que era una alegría y un apoyo?

En un año, Hilda había embarnecido, convirtiéndose en una joven llamativa por el tipo moreno y la mirada verde y melancólica, y porque su cabello castaño había vuelto a crecer y le daba un aire lozano. Ya se había dado cuenta de cómo la miraban en el metro, en la calle... hasta los guardias de su edificio y de la embajada de Malasia ponían sus ojos en ella sin disimulo. Había dejado de usar calcetines, y Flora le había comprado medias, ropa interior y vestidos de señorita.

No quería ver los ojos del peruano y miraba el vapor que salía de la sopa de cebolla que ni siquiera le gustaba; y se evadió pensando en San Juan. Se veía en el sembradío de rosas y miraba a los campesinos escogerlas y cortarlas, limpiando los largos tallos, apilándolas y luego atándolas. Había aprendido los nombres de las rosas, por el color y sencillez o cantidad de pétalos: Penélope, Reina Elizabeth, Nevada, Estrella de Holanda, Nube fragante, Francia. Las rosas eran las flores que más le gustaban. En los atados que recogían los camiones que salían rumbo al mercado de Jamaica, en

74

la ciudad de México, las flores se veían como las manchas de color en los cuadros de los impresionistas, y provocaban admiración y alegría.

También se miraba en la cocina de San Juan escuchando a la cocinera hablar con las chicas que echaban las tortillas, de la vida del pueblo, del progreso y sus males. Hacía tiempo que había dejado de recordarse en la ciudad de México, al lado de su familia. No se acordaba de momentos felices, de verdad felices, en su casa. Siempre había tenido la sensación de vivir en falta, de estar haciendo algo mal, de que de pronto su madre o su padre la regañarían por algo; quizá por eso, como su hermano, sólo se sentía segura en su cuarto.

Por la distancia, Hilda se obligaba a pensar en su madre como una víctima que soportaba todo, y la trataba de disculpar por no darse a sus hijos: ya no tenía fuerzas. Pero no podía entender el hecho de que no contestara sus cartas ni le hablara por teléfono. Las veces que Flora había intentado la comunicación, nadie contestó. Entonces, quizá, la falta era de Hilda, por haber hecho algo mal, sin duda. Algo tan malo, que su madre no quería saber nada de ella. ¿Qué podría haber hecho para merecer ese castigo? ¿En qué había fallado para obtener el silencio y el desapego, la indiferencia?

¿Cómo reaccionaría su hermana si le contara lo que acababa de pasar?

No supo a qué hora pidieron la cuenta y comenzaron a levantarse para salir.

—Ya nos vamos —la zarandeó Flora.

—Anda, cariño, que ya es tarde —dijo el peruano con su acento peruano, como si le estuviera hablando a una hija, e Hilda se levantó sin verlo.

Habían ido a la Comédie Française, y fue idea de Enrique cenar una sopa de cebolla para el frío. Se veía contento y cariñoso con Flora, y parecía haber dejado en su oficina la vanidad que lo caracterizaba. En sus relatos, siempre era el actor principal y el héroe de todas las aventuras.

Enrique Domínguez había llegado a París en 1959, sin una moneda en el bolsillo, sintiéndose artista, con una larga melena negra que le caía hasta los hombros y que se amarraba en la nuca de vez en cuando. Su tipo indígena le daba un halo de fortaleza, como si fuera a aguantar el hambre indefinidamente. Andaba de cuarto en cuarto, pasando la noche con paisanos y conocidos, y buscando trabajo hasta que se acomodó de mesero en un café del Barrio Latino, donde se hizo amigo de tres mexicanos que tenían un trío y tocaban en los bares del Boulevard Haussman.

—Haussman tiene su bulevar porque trazó París —sería otra de las clases de historia de Flora.

Cuando un miembro del trío regresó a México, el peruano se quedó con las maracas y las hizo sonar como si siempre las hubiera tocado.

Alegre y atractivo, su versatilidad no permitía que se le atorara nada: sabía no sólo los boleros mexicanos, sino seducir a las mujeres y llevarlas a la cama. Sus amigos mexicanos lo veían como un seductor profesional, y festejaban su temperamento inquieto y juguetón. Cuando el trío se deshizo, Enrique volvió a quedarse sin empleo, también sin la oportunidad de que las mujeres le pagaran los tragos o el *croque-madame* o el *croque-monsieur* para no ir a la cama con el estómago vacío.

Anduvo de aquí para allá, haciendo de todo: cargador en el mercado, dependiente en tiendas de recuerdos, lavaplatos, librero. No tenía un empleo estable hasta que tuvo la suerte de ser recibido en su consulado, con un puesto menor, pero con una paga fija, aunque no le alcanzara para darse la vida que le gustaba y que, había creído, se daría. Pero iba ascendiendo y ganando un mejor salario. Provenía de una familia de clase media, con educación, y había ido a París a pintar y hacer mundo, y pronto se dio cuenta de que la pintura no era lo suyo, y de que para hacer mundo tenía que trabajar.

—¿Qué te pasa, cariño? ¿Estás cansada? —dijo el peruano, tomando a Hilda del brazo para bajar las escaleras del metro.

11

—...Je vous ai connu à Paris, et...

Mientras hablaba con dificultad en medio de un pasillo donde entorpecía la prisa de los pasajeros, Hilda dudó de tener enfrente a Herman Sulzer. Aquel hombre era de rasgos tan alemanes, que tal vez por eso lo estaba confundiendo.

Cuando le miró de cerca el rostro, se impresionó: sí era Herman, el tiempo le había impreso con elegancia sus huellas. Lo recordaba joven, fuerte, seductor y lleno de vida como un personaje interpretado por Marcelo Mastroianni, y tenía frente a sí a un hombre maduro, cansado, con las arrugas de la frente marcadas, pero con la misma viveza en los ojos azules.

Trató de verle la mano izquierda, pero cargaba con ella un maletín y no podía observar la cicatriz.

Aquel hombre la veía estupefacto, sin dar muestras de entender el juego.

—Disculpe, ¿es usted Herman Sulzer? —terminó preguntándole.

12

Herman Sulzer llegó a México el 26 de julio de 1952, el día que Eva Perón murió en Argentina; por eso, nunca lo olvidaría. La radio del autobús dio la noticia en uno de los cortes que interrumpieron la música, y todo mundo hablaba de eso.

Venía con una maleta pequeña donde, además de una brújula sofisticada que su padre le había regalado cuando estudiaba en la universidad de Zurich, un termógrafo herencia de su abuelo materno, un martillo de geólogo, un teodolito y una plancheta, una navaja suiza y un sombrero de cazador, de los que no se separaba, traía tan sólo dos mudas de ropa y el traje con el que había salido de Suiza.

Tenía 29 años, una carrera, una vida en el centro de África, un fracaso amoroso y una memoria de México que lejos de hacerse borrosa se le aclaraba con el paso del autobús por sus carreteras.

Herman había ahorrado el salario de África para casarse con una pintora holandesa tres años más joven que él, a quien había conocido en el sur de Suiza, en la parte italiana, cuando estudiaba las raíces de los Alpes, meses antes de irse al Congo belga. Se habían comprometido, y él seguía enamorado de ella a pesar de su vida con Beatriz, la hermosa negra bantú, a quien había liberado cuando regresó a Suiza.

—Las reglas antiguas tienen su razón de ser. Son sabias: "Los blancos con los blancos y los negros con los negros" —explicaría años más tarde a Hilda.

—Eso se llama racismo, Herman.

—No podía llevar a Beatriz a Suiza, habría sido infeliz. Era otra época. La hubiera enfrentado a la humillación. Además, yo estaba comprometido con Elsa. Había dado mi palabra a otra mujer. ¿Comprendes?

—No.

—Soy un hombre de palabra.

—Entonces, ¿por qué vivías con Beatriz?

—Beatriz llegó. Yo no la busqué.

—Te cayó del cielo y tú la aceptaste.

—No. Beatriz me costó 400 francos suizos.

—¿Suizos o belgas?

—Suizos, por supuesto. Las cosas de valor, y por lo tanto las mujeres, se pagaban en libras esterlinas o en francos suizos.

—No la buscaste ni la querías, pero la compraste.

—Una noche, cuando entré en la cabaña, Beatriz estaba en mi catre. Cuando la vi allí, le pregunté quién la había mandado. Me aseguró que el cocinero le había dicho que me hacía falta una mujer, que ya tenía varios meses solo. Era joven y perfecta. Y voluptuosa. Y caí en la trampa. Al amanecer, afuera de la cabaña estaban unos bantús esperándome. Uno de ellos era el marido de Beatriz, ella era su favorita. Según las leyes árabes, un hombre sólo podía dormir con una mujer si la había comprado, si era su dueño…, entonces supe que tenía que ponerme en regla. "¿Cuánto quiere?", le pregunté. "Cuatrocientos francos", pidió. Y entonces Beatriz se quedó conmigo.

—¿De veras se llamaba Beatriz?

—Así la bautizaron los belgas. Era hija de un curandero y la favorita de un jefe. Una mujer con estatus.

—No entiendo.

—No hay nada que entender. Son las reglas de la selva.

A su regreso a Suiza, Herman fue a Holanda para casarse con una muchacha joven y alegre, con una pintora de talento que lo había engañado, hija de una familia de las colonias holandesas en Java. Herman había pasado dos años agotadores en África pensando en ella, y estaba tan obsesionado con la idea de casarse y establecer un hogar que no se dio cuenta de que ella ya no lo quería porque se había enamorado de otro.

Se habían comprometido y se casaron en Amsterdam, pero ella no quiso ir a Zurich, donde él había conseguido un departamento y un puesto en su antigua universidad.

En Suiza, la familia y los amigos de Herman se morían por conocer a la holandesa; y cuando llegaba a las reuniones, le preguntaban dónde estaba su mujer. Algo embarazoso y vergonzante que lo obligaba a permanecer callado.

El doctor Sulzer le aconsejó divorciarse, y la mamá de Elsa le pidió que se declarara infiel porque era una manera "decente", para la chica, de reiniciar su vida, de tener una nueva oportunidad.

Herman no quiso.

La familia de Elsa no aceptaba que ella se hubiera enamorado de alguien más, y todo terminó de una manera ridícula e infame para Herman, porque los padres de la muchacha insistieron en la anulación del matrimonio, y le rogaron que aceptara decir que no se había realizado.

Herman admitió el trato cuando Elsa se humilló y se lo pidió de rodillas; y después, decepcionado, prestó sus ahorros a un amigo que había conocido en África y que quería poner una plantación de café: Vincent Atout, un geólogo de otra compañía en África, quien le había dicho:

—Nunca vamos a hacer fortuna como geólogos aquí, Sulzer, buscando oro y diamantes para otros.

No iba a hacer nada en el Congo, especialmente Vincent Atout, que no había tenido buena escuela ni entrenamiento como geólogo, y que hacía lo que hacen los jóvenes impulsados por ideas de las que siempre se arrepienten: poner un gallinero o una plantación; y como no saben nada de gallinas, éstas se enferman; y como no saben nada de agricultura, la cosecha no se da.

Con lo poco que le quedaba y con un boleto de avión que el doctor Sulzer le había regalado, Herman voló en segunda clase a Nueva York, en pleno verano, con un calor distinto al del Congo.

Con su título y la experiencia de África, lo contrataron de inmediato en la Arabian American Oil Company. Las condiciones de trabajo en el desierto eran más duras que en la jungla de África. Tendría que trabajar de tres a nueve de la mañana, y luego dormir; y después, volver al trabajo de tres a seis de la tarde. No estaba convencido y pensaba que si en el verano de Nueva York se estaba deshidratando, en el desierto de Arabia la iba a pasar peor. Por eso decidió viajar a México, a ver cómo andaban las cosas en aquel país que le gustó tanto de niño; después de todo, era mexicano.

"Allá hay petróleo", se dijo Herman, "habrá algo para mí".

Todavía no se le pasaba la decepción del rechazo amoroso, de su fracaso matrimonial, cuando fue a Nueva Jersey a buscar a un suizo amigo del doctor Sulzer, quien había estado en Zurich antes de la guerra estudiando arquitectura, y quien se había casado con una americana. Tenía una casa corbusierana y un jardín lleno de duraznos y ciruelos que la mujer hacía en conserva mientras ellos hablaban. El arquitecto le aseguró que el desengaño era un mal que podía curarse:

—La diferencia entre la colitis y el amor, Herman, es que el amor se acaba.

Y le prestó un poco de dinero, porque de Vicent Atout no había sabido nada, y estaba quebrado.

Entonces, Herman tomó un Greyhound y salió rumbo a México con la idea de dar con sus antiguos conocidos y recobrar la memoria de lugares y personas y de aromas como el de una tortilla recién hecha que confundía en el recuerdo con el maniok africano.

Cuando cambió de autobús en la frontera de México, aquel 26 de julio, volvió súbitamente a instalarse en la pobreza de África, pues viajaba con hombres y mujeres indígenas que llevaban bajo los asientos gallinas y pavos amarrados de las patas, y olían a estufa de carbón, a sudor y a humanidad.

Pensó que unos días en el país donde había pasado la infancia le darían fuerza para trabajar en Arabia, si nadie lo contrataba en México; pero sobre todo, tenía curiosidad de saber si podría recobrar a su madre de aquellos días tranquilos en la colonia Del Valle, pues la había perdido en Suiza cuando él todavía era adolescente. No la recordaba espigada como se veía vestida de enfermera caminando por los pasillos del hospital inglés en el álbum de fotografías, ni enojada como aquel día de la foto cuando lo regañaba porque había entrado sin pantalones a la casa, pues se los había regalado a un niño que no tenía, ni paciente con su pastor alemán como había quedado sugerida en el Bosque de Chapultepec, ni ágil en las canchas de tenis del Club Suizo de las calles de San Borja como la hacía aparecer la última foto que le tomaron.

Herman ambicionaba visitar la casa donde había vivido con su familia los primeros años, aquella donde su papá hospedaba a los indigentes que llegaban del interior del país al Hospital de Enfermedades Tropicales, cuando descubría que no tenían dónde pasar la noche.

Buscaba olvidar la imagen de la segunda esposa de su padre, una maestra suiza, enérgica, ordenada, torpe e intransigente, que tuvo un hijo tarambana y cretino, con los placeres de un país exótico que le había permitido llegar al Congo un poco como si ya lo conociera, porque no sólo la pobreza era similar en ambos países, sino también muchos rasgos de la cultura.

13

Una tarde, cuando Hilda regresó al departamento del Boulevard Flandrin después de una visita al 47 de la calle Raynouard, donde Balzac vivió siete años con un nombre falso para evadir a sus acreedores, les había dicho Mademoiselle Thérèse, Flora le entregó una carta de Herman Sulzer. Había llegado a la embajada de México y se la habían remitido a Flora a la Oficina de Turismo.

—Y ése, ¿quién es? —preguntó.

—El suizo que estaba en la recepción el día que llegamos a París —contestó Hilda con la voz entrecortada por el imprevisto.

—Y ¿qué tiene que escribirte ese suizo?

—...

—Contesta.

—Es el de la fotografía, ¿no te acuerdas?

—¿Qué fotografía?

—De las que te mandaron de la embajada. Es el que está hablando conmigo, Herman Sulzer, el geólogo.

—No me acuerdo.

—...

—¿Y qué tiene que decirte ese señor?

—La historia de África.

—¿Qué?

—Trabajó en África y...

—Y es la última vez que te doy una carta suya. ¡Escribirle a una niña!

—No soy una niña.

—A ver, trae acá —le arrebató la carta y la abrió:

Hilda:

No, no se me olvida, pero la historia de África es para mayores. De todas maneras, te la voy a contar un día, porque te lo prometí.

Los franceses tienen buena cocina, buenos quesos, vinos y perfumes; pero su literatura y su música son mejores. No dejes de ir a ver la obra de los impresionistas.

Herman
México, 1962

—Así empiezan... —rompió la carta mientras las lágrimas de Hilda resultaban inútiles.

—Le voy a contar a mi papá cómo bailas con Enrique y cómo lo besas y cómo... —se fue a refugiar a la sala.

—Conque me andas espiando, ¿eh?

—Te voy a acusar, vas a ver.

—Yo no le tengo que dar cuentas a nadie.

—Pues a ver qué opina mi papá.

—Ándale, escríbele, tal vez ahora sí abra la carta —fue venenosa.

Esa noche, Hilda sacó del basurero los papelitos blancos hechos pedazos, donde descubrió el logotipo de la Universidad Nacional, y los pegó en su álbum, armando el rompecabezas con mucho cuidado. La letra de Herman era grande, clara y resuelta como su figura.

14

Herman había llegado a México después del "milagro económico" del régimen alemanista, unos meses antes de que se inaugurara Ciudad Universitaria, y de que terminara de construirse la inmensa Presa Falcón, en el río Bravo.

Se hospedó en el barrio de San Ángel, en el sur de la ciudad, en la casa de un suizo que había sido su compañero en el Colegio Alemán.

—Los suizos en Suiza podrían ser fríos y parcos, pero en México se habían mexicanizado y eran alegres, solidarios y generosos —le comentaría Herman a Hilda.

La primera noche, Herman y su amigo fueron a la Plaza Garibaldi a oír mariachis; y para Herman, que llegaba de África y de un fracaso amoroso, eso fue una trampa de la que no pudo librarse; menos aún cuando al día siguiente visitó a Belén y José, los antiguos empleados de sus padres.

—Belén me abrazó. Casi tuve que hincarme porque ya había empequeñecido. Me besó como si yo hubiera sido su hijo, el hijo pródigo, con ese calor que sólo tienen los mexicanos del pueblo, los indígenas: "Mi niño Herman", susurró. "Mi niño Herman, qué grandote estás", decía. "Yo ya no me voy de aquí a ningún lado", pensé, "ésta es mi segunda patria, aquí me quedo. Soy mexicano. Ya no me voy a ninguna parte, a ninguna puta colonia a empujar negros para que trabajen." Y aquí estoy.

Su amigo suizo, otro enamorado de México, reservó una mesa para ver bailar a Yolanda Montes, la Tongolele, y al día siguiente lo invitó a escuchar el mambo de Dámaso Pérez Prado. Durante las siguientes semanas, disfrutaron las carpas, donde los cómicos criticaban al gobierno, y las antiguas vecindades del centro de la ciudad. Fueron a los toros, a los museos y sitios arqueológicos cercanos, se entretuvieron buscando antigüedades en el mercado de La Lagunilla, y compraron en el de la Merced las frutas que Herman recordaba y no había vuelto a probar: chicozapotes, guanábanas, mameyes.

Pasearon en las chinampas de Xochimilco, por el colonial barrio de Coyoacán, en el Centro y también por los alrededores de la ciudad: Cuernavaca, Tepoztlán, Taxco, Valle de Bravo. Herman no dejaba de hacer comparaciones entre México y África, donde todavía estaba, de algún modo, su corazón: la Sierra Madre le hacía recordar la cadena montañosa de Virunga; y el Popocatépetl, el Ngorongoro; y el Iztaccíhuatl, el Nyamulagira.

Recobraba el paisaje mexicano que había vivido de niño, y así como durante su trabajo en África traía a su memoria *De Re Metallica* de Georgius Agricola y la *Geologie Apliquée* de E. Nivoit, en sus viajes por México meditaba en los de Alejandro de Humboldt, a quien también había tenido que leer en la universidad como a uno de los pioneros de la geología:

Llegué a México por el mar del Sur en marzo de 1803...

Recordaba con vaguedad que en el primer libro del *Ensayo político sobre el Reino de la Nueva España*, Humboldt hacía una descripción del valle de México, que Herman veía ahora con unos ojos más habituados a interpretar las formas de la tierra. Así leyó, por primera vez, en los cerros y los valles de México, una historia secreta que nadie sospechaba y que él se encargaría de descifrar.

Su amigo suizo también le presentó en una fiesta a un funcionario de Petróleos Mexicanos:

—Así que estudió geología en Suiza y trabajó en el Congo.

Había sudado bajo las órdenes de ingenieros y geólogos rusos que tenían una disciplina durísima porque eran egresados de la universidad de San Petersburgo que no era sólo clásica sino severa.

—¿Qué hacía allí?

—Peinaba la selva.

La consigna era encontrar diamantes, oro y estaño, por el territorio que no habían alcanzado las compañías ferroviarias concesionadas por el rey Leopoldo de Bélgica en 1886, para meter el ferrocarril a cambio de quedarse con grandes extensiones del territorio congoleño: la Compagnie du Congo, la Compagnie de Katanga.

La orden era no caminar por las antiguas rutas del comercio de esclavos y marfil de los árabes swahilis ni las de la cera, el café y el algodón, sino por tierra de nadie, salvaje.

La obligación era internarse en los bosques húmedos y lluviosos de los gorilas y las serpientes, y las colinas inalcanzables, agrestes e inexploradas; por las múltiples riberas del descomunal río Congo, con cocodrilos e hipopótamos, por los valles y las sabanas de los antílopes, las gacelas, las cebras, los leopardos y los leones.

Vivía en campamentos móviles, y había encontrado oro en Ulindi, estaño y colombotantalita en Kalima, diamantes alrededor de Kasese.

La compañía belga para la que Herman trabajaba peinó el corazón de África. No hubo un río por el que no pasaran él y sus compañeros, sin lavar y muestrear sus arenas en busca de minerales preciosos.

Herman llevaría consigo, toda la vida, las movilizaciones por la selva, en las que aprendió a manejar una pistola, a imponerse y a desconfiar de los demás, y a no hacerse de nada: ningún objeto, ningún recuerdo, aunque lo considerara una obra de arte, como aquellas esculturas en madera o aquellos objetos labrados en hueso o aquella cerámica pintada a mano. Nada. Ni siquiera ropa. Vivía con lo indispensable, porque acumular enseres, utensilios y trebejos hacía que la caravana llevara más bultos y más peso, y fuera más lenta. Pero, cuando alguien enfermaba, aunque la regla era dejarlo en el campamento con la esperanza de que sobreviviera y de que otro grupo lo rescatara, Herman le daba el mejor trato posible y cargaba con él como lo habría hecho el doctor Sulzer.

Herman había aprendido de su padre el placer del vino y de la música, y cómo cuidarse para no contraer males endémicos. No sólo sabía cosas simples como lavarse las manos antes de cada alimento, sino cómo evitar, incluso, enfermedades por contagio sexual. Y había tenido la suerte de encontrar un cocinero que guisaba con limpieza y con buen sazón, y que preparaba como nadie, después del whisky con agua filtrada, el budín de tapioca *fou-fou*, aves de la selva en aceite rojo de palma con arroz, *saka saka*, antílope ahumado, puercoespín, boa y cocodrilo asado; y que le había conseguido, al menos eso había dicho Beatriz porque él nunca lo admitió, una mujer indómita para la cama y reservada para con los demás, que le hacía menos solitaria y aburrida la vida en la selva, y que cantaba y bailaba con alegría.

—Pues necesitamos alguien como usted en Pemex, Herman. Vaya a verme a la oficina —le dijo el funcionario entregándole una tarjeta.

15

Hilda había pasado más de un año en la escuela de la calle
del Amiral d'Estaing; y, excepto por la hija de Rahman, la
joven malaya, tenía constantemente compañeras nuevas,
puesto que antes de terminar el primer semestre la mayor
parte había regresado a su país o se había aburrido con las
clases de Mademoiselle Thérèse o aprendido el suficiente
francés como para abandonar el colegio. No estaban allí para
aprender, sino para entretenerse unos meses.

París sí le gustaba. ¿Cómo afirmar que los puentes y los
muelles, que las plazas y los teatros, que las avenidas y
los bulevares, que las iglesias y los museos no le gustaban?
Podía describir con los ojos cerrados la Plaza Vendôme o el
Teatro de la Ópera, La Magdalena o el Palacio Real, la
Santa Capilla o Nuestra Señora porque eran lugares que
Mademoiselle Thérèse les había explicado con tanta minucia
como si confesara los secretos de su mejor receta de cocina;
y sólo tenía que abrir su cuaderno de apuntes para recordar
cualquier pormenor de Saint Séverin o Saint-Germain-des-
Prés. Y aunque dijera a Flora que la comida era un asco,
¿cómo negar que las *coquilles Saint Jacques*, los *escargots à
la bourguignonne* o las *moules marinières* no le gustaban?
Pero, ¿cómo admitir ante Flora que prefería caminar por el
Jardín de las Plantas o el de Luxemburgo o el de las Tullerías
o por el Bosque de Bolonia o el de Vincennes porque era un

poco como estar en San Juan, como revivir la paz del campo y acordarse del verdor de México y del calor humano de los campesinos que araban, desyerbaban o cosechaban la tierra?

—Tienes una inteligencia así —le diría Flora juntando el pulgar y el índice.

No necesitaba la inteligencia para distinguir entre lo suyo y lo ajeno. Más que a su madre, en quien había jurado no volver a pensar y por quien sentía un odio profundo, extrañaba las voces suaves y dulces de las mujeres del pueblo que hacían la limpieza en la casa de San Juan, los cantos de la cocinera, las risas ingenuas de las muchachas que echaban las tortillas al enorme comal sobre la leña ardiente.

Le hacían falta la dulzura y las voces nahuas de los hombres y las mujeres que hablaban a los niños con tanto respeto como ternura, que preparaban brebajes medicinales y oraban a Dios invocándolo en los cuatro puntos cardinales; las voces de los jardineros y las nanas que la llevaban a sus ceremonias y le explicaban sus costumbres. Como aquella vez que la llevaron, en la fiesta de San Juan, a la casa del más ancianito del pueblo, y le dijeron que después de la iglesia iban a bailar allí, porque él era el que mejor conocía sus tradiciones.

Y ahí estaban esos muchachos, vestidos como pájaros, y esas muchachas, vestidas como mariposas, adornados con plumas de colores, bailando. Hacían como que andaban por los arbustos y los árboles, de rama en rama, chupando el néctar y el rocío de las rosas, los claveles y las magnolias, porque la fiesta de San Juan era también la de Xochiquétzal, la Señora de las Flores, aquella muchacha que llevaba la diadema de cuero rojo y el penacho de plumas verdes, con los manojos de rosas en las manos. Y decían los campesinos que si no le hacían la fiesta a la diosa para que bailara entre los pájaros y las mariposas, y para que viera que se acordaban de ella, se enojaba y su furia no permitiría que se les dieran las flores de temporada.

París sí le gustaba, le escribiría nuevamente a Herman a escondidas de Flora. También le contaba que:

Tenía compañeras de todas partes del mundo, y que las italianas eran alegres; las alemanas, ordenadas; las orientales, tímidas; las caribeñas, llenas de vida...

Su única amiga era una malaya llamada Natipah, buena como caminar por el sol cuando sopla el viento frío.

Poseía una colección de perfumes en miniatura, de frascos bonitos, por las muestras que le regalaban en las perfumerías de la Place Vendôme, cuando iba con Flora y sus amigas.

Había visitado la Maison du Fromage y probado muchos quesos, y sus preferidos, sin duda, eran el gruyère con un poco de pimienta negra, el camembert untado en pan, el port salut, el brie y el pont l´évêque (en ese orden) con una probadita de vino.

El vino que tomaban siempre en los restaurantes era el de "la casa", y bien sabía que ése no era el mejor, pero de todas maneras lo disfrutaba; pero que Mademoiselle Thérèse les había explicado con detalle la diferencia entre los Bordeaux, los Bourgogne, los Loire y los Rhône, y que cuando el peruano iba a cenar al departamento de Flora, abrían una botella de Saint Émilion o un Châteauneuf du Pape o un Bourgogne y ella los probaba.

Sabía algunas cosas de pintura, porque Mademoiselle Thérèse les había enseñado a entrecerrar los ojos para captar la luz y las sombras en los cuadros, y contado muchas cosas:

que Vuillard acumulaba detalles,

que Picasso era rival de Matisse,

que Modigliani era guapo como un actor de cine y borracho como Miró,

que la mujer de Bonnard se volvió loca y quería bañarse todo el tiempo y por eso él la pintó tantas veces en el baño,

que le gustaba la historia de la pintora Suzanne Valadon porque había andado con casi todos los artistas de Montmartre y con Satie, le gustaban los gatos y era mamá de Utrillo. Y a ella, a Hilda, le hubiera gustado conocer a Satie porque estaba enamorada de su música que había escuchado por primera vez en un pequeño museo, porque era como ir acomodando piezas de un rompecabezas en una tarde tranquila, como los sueños raros cuando iban de sorpresa en sorpresa, porque era apacible y delicada pero no empalagosa, porque era como una travesura o una caricia o un enigma o un misterio o un estado de ánimo que ella llevaba dentro; y que de grande ella conocería a todos los pintores de México porque se los iba a presentar su hermano; y que le atraían la historia y la literatura de Francia.

Pero, a pesar de todo y en definitiva, no vivía contenta en París porque:

No le gustaba el clima. La nieve y el frío estaban bien para un rato, pero no para tantos meses.

A Natipah no la dejaban salir a pasear y ella tenía que andar sola de aquí para allá.

En México no sentía ese peso en el corazón aunque tuviera sus dificultades.

Flora se la pasaba resolviendo problemas en su oficina y no tenía tiempo para ella.

Los franceses no eran amables. La conserje siempre estaba de mal humor.

Tenía miedo a la guerra de Argelia, porque los del Front de la Liberation Nationale andaban cazando *pieds noirs* y poniendo "plásticos" que estallaban por todo París; y los de la Organization Armée Secrète habían comenzado una campaña terrorista en Francia de la que todo mundo hablaba. Habían querido matar a De Gaulle.

La detenían con frecuencia para que mostrara sus papeles, y sentía que en una de ésas se los iban a quitar para llevarla presa.

Sus únicos entretenimientos eran la televisión y sus discos. El de James Darren, uno de Georges Moustaki que cantaba *Ma solitude*, y otro de Gilbert Bécaud que traía *Et maintenant*, y uno más de Satie que oía todas las noches antes de dormirse, que le había regalado Flora de cumpleaños; pero no tenía sus cuentos favoritos ni sus objetos queridos.

En París odiaba a su mamá y maldecía a su papá, cuando en realidad deseaba quererlos como toda la gente quería a sus padres.

Su hermano se iba a ir de su casa nada más que pudiera, se lo había dicho, y era lo único que le quedaba, y estaba segura de que a su regreso no lo volvería a ver.

La vida con Flora le resultaba ajena y aburrida. Era una hermana distante que le daba órdenes y pretendía educarla a su capricho y voluntad. No sabía siquiera si estaba en París para toda la vida o sólo por un tiempo, pues cada vez que tocaba el tema, su media hermana cambiaba la conversación.

¿Cómo iba a hacer una carrera si no tenía la secundaria y la preparatoria o su equivalente? Para estudiar geología, como Herman, no la ayudaba en mucho aprender que el cultivo de la vid se había establecido en Argelia hasta la ocupación francesa porque el *Corán* prohibía a los musulmanes las bebidas alcohólicas, a pesar de que el clima, la riqueza del suelo y los salarios bajos eran inmejorables allá para el éxito de ese cultivo; que la papa de primera se producía, sobre todo, en la Bretaña, además de Argelia, por supuesto; que Francia ocupaba un lugar decoroso en la producción de ganado vacuno, ovino y porcino; que la industria de la seda ya no se concentraba exclusivamente en Lyon porque en Nîmes se hacían la mejor lencería y las mejores medias de Europa; porque de la *Geografía económica*, Mademoiselle Thérèse no había llegado todavía a los capítulos que hablaban de la producción de petróleo, carbón, metales y minerales. Así como tampoco hablaba, en la clase de historia, de los grupos que ponían las pintas que decían "*Vive l'Algérie française*" o "*Algérie indépéndente*".

Una noche, mientras cenaban después de ver el noticiario en la televisión, Hilda había interrogado a Flora:

—¿Qué pasa en Argelia? ¿Por qué ponen tanto plástico?

Y Flora le explicó que, a pesar de que los argelinos se habían opuesto con las armas durante años, perdieron su territorio en 1875; y que desde entonces los franceses habían establecido en Argelia un régimen militar.

Hilda sabía, por las clases de Mademoiselle Thérèse, que al término de la Primera Guerra Mundial la economía de Argelia había tenido un rápido desarrollo, cuyo beneficio no llegaba a los argelinos.

Y ahora entendía, por la explicación de Flora, que el Frente de Liberación Nacional había declarado la guerra a los franceses y que en esos momentos había un gobierno provisional de la república de Argelia en El Cairo, y que por eso en París se dejaba sentir la lucha clandestina del Ejército de Liberación Nacional.

—¿Y qué va a pasar? —preguntó.

—Nada —se equivocó Flora.

—Quiero regresar a México —aventuró Hilda cuando vio que después de su lección, Flora se veía satisfecha.

—Yo también quisiera que te regresaras, pero sería una tontería y te arrepentirías toda la vida. ¿No te das cuenta de que mi papá está enfermo? Vamos a darnos otra oportunidad —terminó levantándose de la mesa con su plato vacío.

—Quiero irme, ésta no es mi casa ni tú eres mi mamá.

—Eres igual de malagradecida que los yaquis de Sonora que se escondían como peones, en tiempos de paz, en las haciendas y los ranchos de nuestros abuelos que les daban de comer; pero en cuanto podían, salían a descarrilar trenes, atacar caminos y poblaciones.

16

Mademoiselle Anita vestía sobria pero elegantemente: falda y saco o suéter grises o azules con blusa de seda rosa o blanca o aperlada, y se hacía un chongo con el cabello canoso por arriba de la nuca. Sus ojos pequeños y jalados eran de un color indefinido: parecían azules o grises como su vestimenta, y a veces amarillos o cafés. Caminaba firme y derecha, y subía y bajaba las escaleras de madera como si tuviera veinte años. No usaba una gota de pintura en esa cara envejecida con dignidad, cuyas arrugas alrededor de los ojos y en la frente le daban garbo.

Provenía de la realeza polaca y su severa educación, en extremo refinada, evocaba la de una abadesa inflexible, autoritaria y decidida, sobre todo cuando firmaba las calificaciones con aquella letra complicada y llena de trazos; pero cuando, al entregarlas, miraba a los ojos, dejaba ver que era una condesa piadosa y llena de ternura.

Había huido a Francia con sus padres al inicio de la Segunda Guerra Mundial, en la que su prometido perdió la vida, y terminaron estableciéndose en París, donde enterró a sus dos viejos. Ya no pudo irse dejándolos allí: se quedó hasta ir envejeciendo en soledad y convertirse en benefactora de las hermanas de La Asunción, en cuya capilla oía misa todas las mañanas, y quienes un día le sugirieron que abriera esa escuela para señoritas casaderas del otro lado del patio. ¿Quién mejor que ella para educarlas? No sabían qué hacer con las chicas que no querían seguir estudiando porque se habían comprometido, con las que rechazaban porque al venir de otros países no hablaban el idioma lo suficiente para seguir los cursos.

El prestigio de la formación que daba en su escuela Mademoiselle Anita fue corriendo de voz en voz entre los miembros del cuerpo diplomático, quienes podían inscribir a una alumna en cualquier época del año, pues siempre había un curso de iniciación, uno intermedio y otro avanzado.

Todos los días, Mademoiselle Anita se paraba junto a la puerta de l'Amiral d'Estaing a dar los buenos días conforme iban entrando sus alumnas.

—*Bonjour, ma petite* —sonreía afable.

En ocasiones le llamaba la atención a alguna muchacha que llegaba demasiado pintada o tarde, porque se esmeraba en formar jovencitas *comme il faut*, y tenía una memoria extraordinaria para retener los nombres.

—Buenos días, mi pequeña Jeremías.

—Me llamo Hilda, señorita Anita.

—¡Bravo!

Una tarde, la llamó a su oficina.

—Siéntate y escucha.

—Sí, señorita Anita.

—No voy a quitarte mucho tiempo.

—Como usted diga, señorita Anita.

Era importante, en definitiva, que Hilda se diera cuenta de que Flora, su media hermana, la estaba pasando mal. Había querido hacerle un favor, ayudarla, y ella, su pequeña Jeremías, estaba desperdiciando la oportunidad de estar en otro país abriendo los ojos al mundo.

Y no le dio un discurso religioso.

Fue breve y concreta, y tampoco le nombró la situación de sus padres, pero la daba por sabida porque se la había contado Flora varias veces.

—¿Qué habrías hecho tú en su lugar?

—...

—No me lo digas. Piénsalo y respóndete un día de éstos. Ahora vuelve a tu salón de clases y cierra la puerta.

17

Herman Sulzer la observaba con curiosidad tratando de re-
cordarla. Había visto aquella sonrisa de dientes pequeños y
parejos en alguna parte. ¿Quién sería esa mujer de rasgos
mediterráneos que lo había detenido? Sin duda, se había cru-
zado con ella en alguna parte de su pasado; tal vez en un congreso de geología. En lugar de responder que sí, que él era
Herman Sulzer, la tuteó:

—Te conozco, ¿verdad?

—Nos conocimos en París hace...

Herman asentó el maletín que cargaba y le dio la mano
con efusividad; su sangre teutona no le permitió abrazarla,
pero los ojos le brillaron de una forma parecida a la inquie-
tud, a la turbación.

—Tú eres aquella niña a la que no le gustaba París, ¿verdad? No lo puedo creer, el mundo sigue siendo pequeño.
¿Qué haces aquí?

—Lo mismo que usted. Llego de un viaje.

Herman era el mismo hombre desordenado y abierto que
había idealizado. Seguramente venía del campo, los pantalones de dril estaban francamente sucios, como si no los
hubiera lavado en semanas, y sus botas llenas de lodo.

—¿Cómo? ¿Ahora me hablas de usted?

Hilda se recordó escribiéndole a Herman las únicas cartas que había planeado en París con verdadero ánimo y la

creencia de que compartía con alguien su vida; pero esperó la respuesta de la segunda, de la tercera...

—¿Por qué no contestaste mis cartas? —reclamó de pronto.

—Claro que las contesté. Era simpático recibir correspondencia de una niña a la que se le venía el mundo encima. Tenías gracia.

—Nunca me llegaron.

—No nos vamos a quedar platicando en el pasillo de un aeropuerto, ¿verdad? Dame esa tarjeta, te llamo para cenar.

—No es mía, Herman. Sólo iba a decirte lo que habíamos acordado: "Voici, monsieur. Je vous ai connu à Paris et j'attends l'histoire de l'Afrique depuis ce temps là", ¿te acuerdas?

—¡Qué me voy a acordar! No he hecho otra cosa que tratar de olvidar la historia de África. Es fuerte, ¿sabes? ¿La historia de África?

—Siempre pensé en ella.

Herman sacó un papel del bolsillo de su camisa, bajo la chamarra. Lo partió en dos, apuntó su número de teléfono y se lo extendió a Hilda que, viéndolo, preguntó:

—¿Sigues en la universidad?

—¡Qué va! Ya te platicaré.

18

Herman había entrado a Petróleos Mexicanos en 1953, asignado al norteño estado de Tamaulipas. Las oficinas estaban en el puerto de Tampico, una ciudad pretenciosa, sucia y desordenada, con un sofisticado barrio inglés donde habían vivido en casas estilo europeo los empleados de la Waters Pierce Oil Company, la Tampico Navigation Company y la Huasteca Petroleum Company.

Cada viernes por la noche, Herman disfrutaba las mejores jaibas y langostas de la República mexicana en La Perla Tamaulipeca, un restaurante del mercado donde le pagaba a los mariachis para que cantaran hasta el amanecer. Luego se refugiaba en el Temple Bar, el burdel de Susan Oliver, una inglesa simpática, locuaz y sesentona que había preferido quedarse en Tampico con un negocio establecido y próspero, que regresar a Inglaterra donde no tenía nada, cuando en 1938, debido a la expropiación petrolera, cerraron las compañías europeas y los extranjeros salieron de México.

Con madame Oliver, Herman conversaba en inglés, bajo el aire del abanico, de cosas más allá de las preocupaciones burocráticas y triviales de sus compañeros de trabajo: ingenieros que con dificultad abrían un libro porque no se les ocurría más que leer en el periódico los discursos demagógicos de los políticos mexicanos, y secretarias que a duras penas pasaban un escrito a máquina porque perdían el tiempo conversando en el baño, pintándose las uñas, vendiéndose ropa y comiendo la torta que sacaban y metían del escritorio. Platicaba de lo que acontecía en el mundo: la coronación de la reina Elizabeth, que tan feliz hacía a madame Oliver; Tito, el nuevo presidente de Yugoslavia; la muerte de los Rosenberg en la silla eléctrica por pasar los secretos norteamericanos de la bomba atómica a los rusos; la maravilla de la televisión a color; el regreso del Sha y Soraya a Irán después de su exilio en Roma; la boda de John F. Kennedy; la capitulación del Tíbet ante China; Winston Churchill y su política.

Allí también, con madame Oliver, escuchaba a Mozart y bebía Dry Sack, y pensaba de vez en cuando en Beatriz, porque añoraba aquel cuerpo sin inhibiciones y dispuesto a entregársele a cualquier hora, y echaba de menos aquella sonrisa brillante, aquellos cánticos melodiosos y los artificios de esa negra para retenerlo en la cama.

Luego de conversar con madame Oliver, dormía con alguna muchacha del Temple Bar, no sin antes haberla mandado darse un buen baño. Así, iba gastando su salario. Estaba solo, no tenía familia y no necesitaba el dinero.

Petróleos Mexicanos estaba en el edificio Corona, una construcción de estilo porfiriano pero de muros gruesos y techos altos para aislar el calor. Allí mismo habían estado las oficinas de la Shell Oil Company, cuyos archivos permanecían en el último piso, en perfecto orden; es decir, que allí se encontraba la geología de México, la única que existía, la que habían hecho los ingleses, suizos, holandeses y alemanes llevados por la Shell. Para encontrar los buenos yacimientos de petróleo, no las chapopoteras donde ya había salido el gas, se necesitaba la geología, y no había geólogos mexicanos.

A principios del siglo XX, la zona del golfo de México entre Tampico y Veracruz era selvática y nadie osaba internarse allí. Los geólogos extranjeros subían por los ríos hasta la Huasteca, donde comenzaba la selva, y allí perforaban. Habían comprobado que hace veinte, treinta millones de años, en las formaciones del mioceno y oligoceno, había petróleo, y lo sacaban. Un petróleo que se había escapado del jurásico. Pero en ese tiempo perforaban sólo doscientos, trescientos metros, porque no había maquinaria que alcanzara mayor profundidad.

El gran hallazgo de los geólogos europeos había sido el petróleo de la selva: dieron con el enorme yacimiento de Poza Rica, donde instalaron su campo petrolero, en plena selva.

Pero entró Lázaro Cárdenas a la presidencia de México e intuyó que tenía que sacar a las compañías extranjeras, porque el petróleo era un gran negocio, y así nació Petróleos Mexicanos, que comenzó a vivir de las perforaciones de Poza Rica cuando todavía los mexicanos no sabían nada de geología.

Después de la expropiación petrolera, nadie quería comprar el petróleo mexicano, hasta que comenzó la Segunda Guerra Mundial y Estados Unidos decidió levantar el boicot a México y el país pudo desarrollarse; pero la geología mexicana seguía en pañales.

A los tres meses de haber llegado a Tampico, Herman Sulzer descubrió que los mexicanos no sabían hacer las exploraciones; a los once, algo peor: que los mexicanos eran corruptos y cínicos. Gastaban el dinero de Pemex en comidas, cenas y fiestas privadas, y hacían aparecer los gastos como si fueran de trabajo; y como estaba acostumbrado al orden germano, un domingo fue a las oficinas, tomó los expedientes de la contabilidad y la mañana del lunes se presentó ante un juzgado a levantar una demanda por robo y corrupción.

—Estos gastos son falsos. La gente aquí no tiene moral.

Lo amenazaron con matarlo, pero ya había levantado la demanda. Sus jefes le llamaron la atención. Le dijeron que había metido el desorden, que se había saltado la jerarquía, que para eso tenía superiores, para informarles sobre las situaciones irregulares.

¿Cómo iban a sacar a Pemex adelante si los geólogos no trabajaban? Para 1953, la compañía no había hecho nada nuevo, por la sencilla razón de que no sabían hacer la estratigrafía, pero en ese tiempo Herman no se dio cuenta de la ignorancia de la gente. Años después, habría tenido misericordia de ellos.

Lo mandaron llamar de las oficinas centrales, de la gerencia general:

—Usted es un hombre conflictivo, Sulzer. Así no se hacen las cosas en México, así no se va a arreglar nada.

Herman descubrió que todos en Pemex se encubrían, y que su vida corría peligro.

El caso del geólogo suizo llegó a oídos del doctor Varela, director del Hospital de Enfermedades Tropicales, una antigua amistad del doctor Sulzer:

—Corres peligro, Herman: son capaces de matarte. Ni sueñes con regresar a Tampico. Ve a la universidad, al Instituto de Geología, necesitan un vulcanólogo. Di que vas de mi parte, que eres especialista en volcanes, y quédate allá.

El doctor Sulzer escribió desde Suiza una nota de agradecimiento:

Gracias por salvar al ingenuo de Herman de esos infames. ¡Sólo a él se le ocurre ir a los organismos oficiales a denunciar la deshonestidad! México sería un gran país si su gente fuera honrada, porque trabajadora sí lo es; eso lo sabemos tú y yo...

19

Herman Sulzer fue al Instituto de Geología de la Universidad Nacional y dijo que era geólogo y que en México había tantos volcanes como perros callejeros; y mostró un plano que había hecho de los que rodeaban la ciudad: el Ajusco, el Tláloc, el Teutli, el Tétotl, el Telapón, el Papayo, el Xitle, el Tlalli, el San Miguel, el Tecajete, el Santa Catarina... No presumió de ser vulcanólogo.

Aunque pensó que no iba a conseguir la plaza, llevaba en el bolsillo la carta del director del Hospital de Enfermedades Tropicales, el doctor Varela, amigo no sólo del doctor Sulzer sino también del secretario de la universidad, quien firmó su entrada en el acto porque en México, se daría cuenta Herman, no había tráfico de diamantes como en el Congo, sino de influencias.

En el Instituto de Geología comenzó por hacerse una idea de lo que pasaba en ese ámbito, y se dio cuenta de que la obra de Humboldt, que tanto había criticado en la universidad de Zurich por la excesiva trivialidad de sus observaciones, era, a pesar de sus defectos, la base de la geología mexicana.

Humboldt había recorrido y descrito minuciosamente el valle central, el altiplano, las dos grandes sierras que atraviesan la República mexicana, los volcanes. Había hecho atlas rudimentarios, pero al fin y al cabo un punto de partida para lo que estaba por hacerse, porque no había mucho más.

La geología mexicana estaba en pañales, aunque también era cierto que los españoles habían sido los grandes mineros del país porque siguieron las huellas de los indígenas para hacer sus exploraciones.

La geología moderna de México había comenzado con la creación del instituto donde Herman trabajaba, a pesar de que Porfirio Díaz, el dictador mexicano, creó uno nacional en 1888, que había sido el primero en hacer una carta minera del país y en organizar un congreso internacional en 1906, bajo la dirección de don José Guadalupe Aguilera, de quien Herman sólo escucharía anécdotas pintorescas de los alumnos que alcanzó a formar más tarde en la universidad.

Entre otras cosas, Aguilera aseguraba a sus discípulos que durante un congreso en Rusia le sirvieron bistec del mamut que acababan de descubrir en Siberia; y que cuando el zar le preguntó si México y Rusia se parecían, había respondido en perfecto francés: "*Mais oui, votre majesté...*", pero en español había completado: "...en lo sucio y en lo sinvergüenza de la gente".

José Guadalupe Aguilera, ingeniero de minas, formó a los cinco primeros alumnos de la carrera de geología a quienes Herman iría conociendo poco a poco porque, aunque no mucho mayores que él, eran los geólogos de México y con ellos trataría a lo largo de su carrera: Alberto Terrones, Federico Mina, Heinz Lesser, Francisco Viniegra y Lorenzo Torres, quienes, cuando el presidente Lázaro Cárdenas expropió el petróleo, se incorporaron de inmediato a Petróleos Mexicanos; luego, cada uno se iría por un camino distinto: Terrones a la minería, Mina a la geología estructural, Lesser a las presas, Viniegra a petróleos y Torres al agua subterránea.

Herman comenzó a salir al campo de México. Se enamoró de él como se había enamorado de los valles verdes, los lagos y las selvas lluviosas y húmedas de África, y decidió trabajar en un plano geológico de la cuenca central, porque no existía ninguno.

El plano le valió un contrato como consultor del regente Ernesto Uruchurtu, porque unos alemanes que había traído la regencia para abastecer de agua a la ciudad de México se basaron en su plano:

—Allí, en el Instituto de Geología, está un suizo bien preparado, lo pueden consultar —fueron generosos.

Así, a finales de los años cincuenta, Herman se integró al equipo de los ingenieros Fernando Hiriart y Raúl Ochoa en la Dirección General de Obras Hidráulicas, donde le dieron mil ochocientos pesos y un jeep que le recordaría sus andanzas africanas, cuando no contaba con ninguna clase de vehículo para meterse en cualquier parte como lo hacía en México, sobre todo en la época en que había comenzado a explorar la parte alta donde los afluentes del Congo eran grandes y profundos y la pesca era el maná, pero navegar en canoas no los ayudaba a avanzar por tierra lo suficiente.

De aquel tiempo recordaría siempre la sorpresa de entrar en un bosque poblado de mariposas que jugaban en el aire como si fueran copos de nieve durante una tormenta en las montañas de Zurich, y su inesperado encuentro con los gorilas.

Contaría su experiencia a Hilda recordando el azoro con que se descubrió observado de lejos y con sigilo por un enorme macho con la espalda plateada. Lo miraba sin parpadear, a pesar de la lluvia, con unos ojos cafés, inteligentes y curiosos. Parecía advertirle que tuviera respeto por su familia; lo cual provocó en Herman un impacto amargo en su relación con los trabajadores cuando unos días más tarde se dio cuenta de que mataron a una hembra del grupo para ahumar y comer su carne, y escuchó en la selva durante la noche el llanto triste de la cría.

—Era una madre con su bebé —reclamó Herman.

—Siempre hemos comido carne de gorila —se sorprendieron del regaño.

Herman prohibió a su gente la matanza de gorilas e hizo que encontraran a la cría y que una negra adoptara al huérfano y lo mimara como si fuera su hijo, pero murió de tristeza a las dos semanas.

Si al doctor Sulzer le habían dicho sus colegas en Suiza, cuando decidió aventurarse en México en plena Revolución, que a qué iba a ese país de salvajes, al geólogo Sulzer sus compañeros de la universidad le habían regalado el diario del explorador y periodista inglés Stanley, el primer europeo en hacer un viaje por el río Congo, en 1874, y en probar que después de los rápidos había miles de kilómetros navegables. Era un diario plagado de calamidades, que comenzaba con epidemias de viruela y fiebre amarilla, con hambrunas, mordeduras de serpiente y quijadas de cocodrilos, y terminaba con batallas contra las diferentes tribus que encontró a su paso y que mataron a más de la mitad de sus hombres. Había sido tal la proeza de Stanley, que terminó con el reconocimiento de sus hazañas y la fundación de Stanleyville.

—¿Por qué crees que los británicos no se interesaron en colonizar el Congo, Sulzer?

—Pero qué tal le interesó a Leopoldo.

—Él no tuvo una colonia sino una propiedad privada, un jardín de juegos exóticos, un redil de esclavos.

—Si no hubiera sido por los derechos que dio sobre tierras y minerales a las compañías extranjeras no iría yo para allá a hacer dinero.

—¿Hacer dinero o pasar trabajos?

Herman practicaba un programa de exploración trazado por los belgas que le dieron órdenes de encontrar nuevos yacimientos de cobre, zinc, plata, cobalto y uranio, y poner especial cuidado en el estaño, los diamantes y el oro. Los belgas sabían perfectamente que para lavar oro tenían que ir a los afluentes superiores del río Congo. Los geólogos rusos, belgas y suizos le enseñaron a Herman los secretos de la exploración: los jefes hacían líneas a través de la selva, y los negros cortaban los árboles y llegaban a los arroyos donde no había mucho relleno sino un aluvión de dos o tres metros.

Herman ordenaba sacar la arena y ponerla en forma de un pastel que partían en cuartos. Tomaban una batea de cada cuarto, hacían una mezcla y la iban a lavar al río. El jefe de los lavadores le llevaba en una hoja de plátano bien amarrada el estaño y el oro que habían quedado en el tamiz. Herman lo pesaba por la noche, y como sabía la medida del pozo y cuánta tierra habían sacado, calculaba cuánta riqueza había por metro cúbico de arena. Luego, las grandes compañías explotarían la tierra con palas mecánicas.

A Hilda le contaría con palabras rimbombantes, como si ella las entendiera:

—El oro en el Congo es nativo de los intrusivos graníficos, no como en México que está ligado al azufre y al selenio en las coladas riolíticas de los volcanes del altiplano. Allá era oro nativo y estaba en los ríos, junto con el estaño. En México, sólo existe en Baja California, pero allá no hay agua para lavarlo porque se encuentra en el desierto. Hay muchos placeres que se formaron en tiempos pasados, y así se van a quedar. ¿Cómo lavas eso? Los americanos ya lo hacen con ventiladores; pero es muy costoso.

En el jeep, Herman hubiera podido meterse por donde los trabajadores no iban abriendo camino con los machetes: hubiera podido ganar tiempo para desquitarlo con Beatriz una vez montado el campamento.

Con ese jeep, en el Congo, habría podido hacer maravillas, hubiera salvado a aquella negra embarazada que estaba a punto de dar a luz:

115

Cuando pidió a los trabajadores que la cargaran para seguir el camino y explorar otro pozo, la fueron a tirar en una hondonada entre la maleza. Entonces, ordenó a otros negros que la fueran a sacar.

—Aquí nadie carga mujeres embarazadas, sobre todo si no son de su tribu —le dijeron.

Tuvo que amenazar con la pistola a los hombres que seguían negándose a cargarla porque sus creencias lo prohibían.

Ya en el campamento, Herman la entregó a las mujeres para que le ayudaran con los trabajos del parto, pero era demasiado tarde.

El jeep de Herman parecía un libro ambulante: hacía sus notas y dibujos en la carrocería, porque nunca llevaba libreta de campo.

Cuando su jefe en la Dirección General de Obras Hidráulicas le preguntó:

—¿Qué quiere, Sulzer? ¿Qué se le ofrece?

Dijo:

—Que me encuadernen el jeep, porque allí están mis secciones geológicas.

El trabajo de Herman en México era distinto al de África: solitario y sin riesgos. Si acaso llevaba uno o dos asistentes, para que le ayudaran a hacer los planos, pero para leer en las formaciones geológicas la historia del subsuelo mexicano no necesitaba a nadie. No extrañaba el whisky diluido en agua de los arroyos porque en el campo mexicano había pulque; y en cualquier caserío, cerveza Corona.

20

Hilda había meditado las palabras de Mademoiselle Anita.
Cada mañana, cuando la saludaba, parecía preguntarle con
los ojos si ya tenía la respuesta; y cuando la veía en el come-
dor de las pensionadas, la llamaba a su mesa, sin duda para
enfrentarla a sí misma.

Mademoiselle Anita no la había dejado responder por qué
deseaba volver a su país. Nadie la dejaba hablar. Tenía que oír
y acatar órdenes.

Ya lo había pensado:

—No, señorita Anita, yo no hubiera hecho lo mismo.
¿Entiende?

Y nada más que tuviera la oportunidad, le diría:

Que si quería irse, no era por el clima ni la comida,
pues ya se había adaptado, y prueba de ello eran los tres
kilos que había subido por tanta papa y mantequilla; y
que, por favor, se fijara que ya ni siquiera usaba los
guantes cuando todas sus compañeras se los ponían.

Tampoco era por la oscuridad del invierno, porque
había descubierto que en las tardes nebulosas y grises
podía leer algo del gran fondo para jóvenes en la Biblio-
teca Nacional si no tenía ganas de caminar o de ir a la
casa de doña Filo a que le contara su vida o a prestarse
para hacerle sus compras o sacudirle sus muebles o a

pasarle el trapeador, y luego comer pan con queso, y beber, para el frío, un poco de vino.

No era por el idioma, desde luego.

Ni porque Flora fuera inaguantable e histérica. No. Flora no era una mala persona, aunque:

No era franca.

No le decía cuánto tiempo la iba a tener allí, y no era su mamá para que la educara.

No quería vivir en París porque anhelaba saber, en definitiva, por qué su mamá la había abandonado de aquella cruel manera, como si estuviera muerta. Quería comprobar por sí misma que estaba viva. Porque —no podía confesárselo— había deseado con toda el alma que ella y su papá se murieran; y a lo mejor se había cumplido su deseo. O tal vez su papá se encontraba en la cárcel por haberla matado de una paliza; y no podía andar por el mundo con la sensación de que ella tenía la culpa de algo que no sabía qué era, y con ese rencor o aborrecimiento anidado en el corazón. Y ella no era así, de verdad, no, sobre todo en San Juan, donde caminaba dichosa por el campo, de la mano de las nanas y los jardineros.

Y, por último, le habría insistido a Mademoiselle Anita que no, que ella no habría hecho lo mismo. Que ella no se habría llevado a una media hermana que no conocía. Y que si no lo sabía o no se había dado cuenta, o no se lo había dicho Flora, tenía que explicarle que siempre había en la actitud de su media hermana algo que trazaba una línea de separación en la intimidad: eran hermanas, sí, pero sólo la mitad, no hermanas totalmente; y Flora, con su parte de no hermana, le hacía sentir la distancia, la diferencia y la frialdad, como si Hilda fuera una intrusa, alguien que le estaba echando a perder la vida, la libertad y el amor del peruano.

Le aseguraría a Mademoiselle Anita que ella, Hilda, tenía un hermano, y bastaba evocarlo para reconocer y recordar que entre ellos dos nunca había existido esa sensación de sequedad, de aridez.

Y también le diría que no entendía por qué si ninguna de las dos estaba contenta no rompían una taza y cada quien para su casa.

Y de paso le preguntaría por qué le decía "Jeremías", porque había buscado en la enciclopedia y Jeremías había sido un profeta que había hablado a su pueblo de Dios, y que había sufrido por salvarlo.

21

La hija de Rahman caminaba de un modo distinto por las calles de París. Como si fuera otra, una Natipah inquieta e intranquila que mostraba una ansiedad desconocida para Hilda, quien supo que después del mes del Ramadán, pasada la fiesta del Hari Raya con la que concluía el ayuno, Natipah volvería con sus padres a Malasia porque iba a contraer matrimonio.

Iba a casarse, explicó, con un muchacho que no conocía, pero que debía ser un hombre amoroso e inteligente porque sus tías, allá en Kuala Lumpur, lo habían arreglado todo, y tenían buen ojo para escoger, pues habían concertado buenos matrimonios para sus primas.

¿Natipah estaba contenta aunque le hubieran apalabrado el matrimonio con un desconocido? Sí, la madre de Natipah debía haber hecho los arreglos del casamiento, pero como tenía que estar en París, al lado de su esposo, no pudo hacerlo. Por esa razón, porque después del Ramadán no volverían a verse ellas dos, quería invitarla a su casa el día del Hari Raya, la mejor oportunidad para que probara la variedad de la comida malaya. Las mujeres prepararían para el banquete suculentos platillos tanto de tradición árabe como india y china, pues la cocina malaya, le había dicho varias veces, provenía de esas culturas.

Y Natipah le habló de los arroces y los *noodles,* de los cocidos y los asados, de los pescados y las aves, de las verduras al vapor y las sancochadas, de las salsas de tamarindo, mango, nuez o chile, y de los *curries*.

Y, azorada, Hilda vería en la cocina de Natipah las piñas, las jícamas y los cocos de México; y el chile de los campesinos de San Juan en los camarones, las langostas, los pescados, los pollos y las carnes de las cocineras de Malasia; y probaría, por fin, los platillos favoritos de Natipah: el arroz con leche de coco y un toque de clavo (casi como el arroz con leche que hacía su abuela en Sonora) y los agridulces de pollo, camarones o puerco, y aprendería nombres incomprensibles de los platillos que había probado:

> *Roti canai*
> *Satay*
> *Lobak*
> *Udang*
> *Kari*
> *Wu Kok*
> *Har mee*
> *Rendanng daging*

Y anotaría en su álbum, junto a la invitación formal de Natipah (Su Excelencia, el Embajador de Malasia, y su apreciable familia tienen el honor de invitarla a la comida que se celebrará en la residencia oficial de la embajada, con motivo de la celebración del Hari Raya, el día...).

En Malasia, a los frijoles y el maíz les ponen dulce y se comen como postre.

Cuando Natipah, la hija de Rahman, hablaba de su familia, lo hacía con gracia. Parecía que en Malasia la gente no tenía apellido; por eso, ella era la hija de Rahman, y su mamá,

Fatimah binte Omar, la hija de Omar. Decía en francés y en inglés: *mon "eldest uncle"*, *mon "younger brother"*, *mon "youngest grandfather"*, como si se tratara del nombre propio de cada uno.

El prometido declararía sus intenciones de casarse con Natipah al padre de la novia y los representantes de la mezquita, y luego vendría el *bersanding*, la ceremonia en la que los dos se verían por primera vez.

Así era la tradición desde tiempos inmemoriales, le decía Natipah, cuando las alianzas entre los reinos vecinos y Malacca se hacían arreglando casamientos, como el de la hija del primer ministro de Pahang, cuya fama de hermosura llegó a oídos del sultán de Malacca, que no pensaba en otra cosa más que en poseerla; y por eso envió una delegación a pedirle que se casara con él.

Contaba otra leyenda, según Natipah, que entre las mujeres enviadas, una de las tías del sultán dio con una anciana que daba a las jóvenes masajes con aceites aromáticos; entre ellas, a la hija del primer ministro. Y le habló de la pasión del sultán y le entregó un bálsamo de amor, para que esa noche le diera el masaje a la muchacha. La anciana no sólo le untó los aceites sino que le dijo que era demasiado hermosa para otro sultán que no fuera el de Malacca porque, sin duda, había nacido para él. Y la joven se dejó llevar con docilidad al palacio del sultán de Malacca, con quien vivió en armonía.

Era muy egoísta de parte de Hilda no alegrarse de la boda, pero no se imaginaba un París sin Natipah aunque sólo por ratitos caminaran juntas, y aunque en el salón de clases participara, por su timidez, muy poco.

Hilda iba a extrañar aquel mundo de sultanes y princesas, de elefantes domesticados y dóciles, de ciudades amuralladas e invasiones de piratas, de narraciones de vidas intensas y difíciles para los malayos en las plantaciones holandesas e inglesas. Un mundo que no habría imaginado antes de conocer a Natipah y lo exótico y refinado de la embajada de Malasia, con todos esos objetos y muebles labrados y cuadros de paisajes orientales, y esa sensualidad que flotaba en el ambiente, en los aromas, en los colores de las telas de las cortinas y los cojines y los vestidos de las mujeres.

También iba a echar de menos el afecto de Natipah y su fortaleza para aceptar el destino. No sólo porque iba a casarse sin saber con quién, no; sino porque se plegaba a la voluntad de su madre y hacía de su habitación una ventana para conocer el mundo.

No sabía con quién iba a suplir a Natipah, pues las compañeras de la escuela vivían todas en un París que ella no conocía, o que se le venía encima como el del Barrio Latino y el de Saint-Germain-des-Prés, de donde no salían. Ella ya lo había recorrido varias veces, husmeando en las *boutiques* y las librerías: ¿Por qué todo mundo quería comprar un libro en la librería Shakespeare and Co.? Mirando a las parejas de los cafés: ¿Qué tenían el Flore y Les Deux Magots que eran tan populares? Metiéndose por las calles diminutas que serpenteaban por el barrio para descubrir pequeños restaurantes agradables, fachadas y portones bonitos y *bistrots*, pero no encontraba la necesidad de volver allí una y otra vez. Además, ya habían recorrido esos lugares con Mademoiselle Thérèse. ¿No les había enseñado la estatua de San Michel matando al dragón?

En esos barrios había visto escenas que la habían asqueado y que prefería no recordar porque olían a conserje y a peruano.

Y ya estaba harta de ser la única en dar las lecciones a Mademoiselle Thérèse, que veía satisfecha los progresos de Hilda no sólo en el idioma sino en lo que ella llamaba "civilización francesa".

Cuando salían con Mademoiselle Thérèse, Hilda era dichosa:

—Parece que te gusta vagar, mi pequeña.

—Sí. Me gusta mucho, señorita Thérèse —sonreía porque la vida con su media hermana no daba cabida a otra diversión.

Su vida con Flora no tenía arreglo. Eran distintas.

Tal vez ahora que había otro hombre en la vida de su media hermana, ella saldría sobrando.

Se iría. Se iría de París, aunque no sabía cómo, o se haría cortar otra vez el cabello, pero esta vez por un sacerdote.

22

Hilda marcó el teléfono de Herman Sulzer, pensando si no era una tontería buscarlo: después de todo era un extraño con el que había coincidido, por azar, una noche en París. Nada más. Y, curioso, una noche en que había hablado con él a lo sumo media hora, y que había recordado tanto tiempo.

Cómo era posible que Herman Sulzer hubiera sido un sueño para ella durante tantos meses. ¿Por qué aquella necedad, aquella ilusión de adolescente, aquella obsesión de aferrarse a algo o a alguien durante su estancia en París? Quizá por terquedad, porque no quería acostumbrarse a una vida que le había sido impuesta, que no había escogido, porque entonces vivía enojada consigo misma, con Flora y con el mundo entero.

La historia de África, que un día le había dado curiosidad sólo por el gesto de un hombre, había dejado de importarle desde hacía muchos años, cuando olvidó por completo a Herman, la fantasía de ser monja o geóloga, y su pesadilla en París. Porque todo había terminado en una pesadilla que Flora no alcanzó a comprender.

La línea estaba ocupada. Insistiría en otra ocasión, cuando terminara de leer los cuentos de Nadine Gordimer que acababa de comprar, pensando en Herman. Qué ironía.

23

Estaba lloviendo y Flora no podía conciliar el sueño. Se había levantado por agua y de regreso al cuarto había ido a tapar a Hilda que daba vueltas en la cama y amanecía sin cobijas. Aquella mujer, segura y competente tras un escritorio, estaba a punto de ceder: pondría en un avión a México a su media hermana que no llegaría nunca a ser lo que había esperado. Era inútil.

Asombrada de que la segunda esposa de su papá no le hubiera puesto ni siquiera una línea para preguntar cómo estaba Hilda, ni hubiera respondido a sus cartas ni contestara el teléfono, se preguntaba si debía regresar a su media hermana a la violencia y la inestabilidad de su casa. No hacerlo le estaba volviendo la vida imposible; y hacerlo le parecía un acto ruin.

No entendía, por más que lo pensara, por qué había tenido la ocurrencia de llevar a Hilda consigo. Sin ella, las cosas irían mejor; y, además, ya estaría viviendo con Enrique, porque, no podía ocultarlo, se había vuelto a enamorar. Quizás el peruano no era un hombre estable, pero era simpático y atractivo, y sobre todo, alegre, lo que ella necesitaba. Tenía un compañero para ir al cine, al teatro o algún concierto, a alguien que bailaba con ritmo y le hacía el amor con fogosidad. Era una suerte.

¡Llevarse a su hermana! Había cometido un error, en un arranque de locura, como siempre. Pero un error que no podía remediar, disimular ni zurcir más que deshaciéndose de ella. Le daban ganas de devolverla cuanto más pronto mejor, aunque no se atreviera a lastimarla de esa manera: en verdad, su padre debía ser recluido en una clínica o en la cárcel.

Meditó si, en verdad, sería oportuno internarla, si esa pudiera ser la solución, y decidió pedirle su punto de vista a Mademoiselle Anita, que se había convertido en su paño de lágrimas.

Prendió la luz y vio en la mesita de noche las fotografías de sus seres queridos. Había quitado de entre ellas la de X y la de su ex marido ("equis es equis, y punto, no preguntes lo que no te van a contestar, Hilda"), a quienes le había costado trabajo olvidar, y las había roto en uno de tantos arranques de ira.

Nunca tuvo la fotografía de su padre, a quien detestó tan pronto se dio cuenta de que era un cínico, un monstruo que torturaba a su madre por celos. En cambio, sus antepasados tenían un lugar de honor.

Allí estaba el bisabuelo materno de uniforme. Había nacido en un pueblito llamado Mochicahui, donde su padre se había asentado después de su llegada de España al puerto de Guaymas. Aquel bisabuelo había sido gobernador de Sonora, siempre lo presumía aunque no dijera que sólo cuatro meses, ya que la Legislatura le concedió licencia ilimitada porque él se sentía más soldado que gobernante. Flora no ignoraba que se había sublevado en el distrito de Álamos en contra de la administración del coronel Ignacio Pesqueira, que había ocupado la población y proclamado el Plan de Álamos. Sabía que había sido senador en cuatro ocasiones, que había perseguido a los apaches echándolos del estado y que había sido el promotor del canal construido sobre la margen derecha del río Yaqui, la obra de ingeniería más importante de finales del siglo; pero callaba, cuando le contaba a Hilda, quién había sido aquel ancestro, que si por algo sería recordado en Sonora era porque fue veinte años el terror de los yaquis y su verdugo, y se había convertido en terrateniente gracias al territorio que le había quitado a los indios, cuya enorme extensión dotaba de agua el canal. Ese bisabuelo había adquirido varias propiedades, entre las que estaban el rancho del Pozo, la hacienda Garambullo con su molino harinero, a la que le cambió el nombre por Europa, y la hacienda de San Carlos, que se extendía por las vegas del río Sonora hasta las playas del golfo de California; propiedades que su abuelo, que estaba en otra fotografía, perdió en malas inversiones.

En cambio el otro bisabuelo, el abuelo Serapión, era de origen modesto: nacido en Galicia, llegó a Sonora de niño y, luego de ser visitador de escuelas primarias, decidió irse a la ciudad de México, donde trabajó de mozo en un hotel de paso; y al cabo del tiempo, puso su propio negocio que prosperó en tierra caliente, y abrió otro hotel, que también heredó a su único hijo, el padre de Flora.

Allí estaban también las bisabuelas, las abuelas y las tías, metidas en sus vestidos de encaje, con sus miradas complacientes y sus mentes ocupadas en los hijos, y acostumbradas a los sobresaltos de los ataques de los yaquis y, luego, a los tiroteos de la Revolución.

Al centro, en un medallón, sonreía su madre, jovencita, con la mirada ingenua, y, a un lado, otra vez su madre abrazando a Flora durante unas vacaciones en que fueron a dar al puerto de Veracruz, antes de que terminara huyendo del salvajismo y la rudeza de su marido, con Flora de la mano, en un tren que la llevó de regreso a Sonora, de donde nunca debió haber salido y donde murió de tristeza. Por eso Flora decidió regresar a la ciudad de México, con una hermana de su mamá, a estudiar para taquígrafa parlamentaria.

Había colocado recientemente en la mesita de noche dos fotografías donde estaba con Hilda: una en el muelle de Nueva York, antes de que salieran rumbo a El Havre. El viento les llevaba el cabello y Flora se había puesto una pañoleta en la cabeza y su hermana pequeña sonreía y le daba la mano, como si hubieran celebrado un tratado de paz; y otra en París, en los Campos Elíseos, donde se veía a lo lejos el Arco del Triunfo.

Eso era lo que necesitaba Flora, celebrar la paz con su hermana. Pero ya había hablado con ella en todos los tonos, y la respuesta seguía siendo estúpida:

—Quiero regresar a México.

Tal vez era verdad lo que le había comentado doña Filo:

—Hilda necesita la compañía de chicas de su edad. Tal vez si la dejas ser *au pair* un rato en las tardes para que se entretenga jugando con unos niños...

—Ni pensarlo, no quiero que digan que la traje para que trabajara de sirvienta.

—¿Por qué no toma clases de baile o de música o de pintura o de cocina?

—...

—La realidad es que Hilda pasa mucho tiempo sola y eso es incluso peligroso, porque, ya te lo he dicho antes, tengo la impresión de que vaga por allí como si no tuviera familia, y cualquier tarde puede pasarle algo.

Flora no podía dormir, su hermana le había quitado el sueño. Tomó el libro que había dejado en el suelo, junto a la cama, y trató de leer un poco, pero no pudo concentrarse.

Cuando apagó la luz, no supo a qué hora había dejado de llover.

24

Herman Sulzer renunció a la universidad cuando se dio cuenta de que era el modelo perfecto del desorden que existía en la mayor parte de las oficinas del gobierno mexicano; y porque el reducido presupuesto del Instituto de Geología no lo dejaba desarrollar sus proyectos. Además, tampoco allí trabajaba la gente:

Los jefes y coordinadores salían a comer tomándose más de dos o tres horas, costumbre muy arraigada en la burocracia mexicana. Regresaban tarde y retenían a los empleados de la administración hasta entrada la noche, sin que eso significara que en los cubículos se produjera o investigara.

Los conocimientos de los profesores e investigadores permanecían en pañales, ya que no existían los contactos necesarios para que los maestros o estudiantes se formaran en el extranjero, donde la geología y ciencias afines como la paleontología, la geofísica y la hidrología avanzaban a pasos gigantescos.

Lo que Herman había aprendido en la universidad de Zurich, tiempo atrás, acerca de las teorías de William Smith —quien descubrió que los depósitos de rocas sedimentarias se encontraban en cortes a lo largo de grandes áreas—, James Hutton —que aseguró que la historia de las rocas era cíclica— y Sir Charles Lyell —quien propuso una antigüedad insospechada para la Tierra, así como que ésta cambiaba continuamente reciclándose—, aún no llegaba con precisión a las aulas mexicanas; mucho menos la teoría de la tectónica de placas de Alfred Wegener, sobre el constante movimiento de los continentes y su relación con los temblores y los terremotos. Y nadie había sido capaz de reconocer cabalgaduras en los pliegues de la Sierra Madre, como las que habían descubierto Argand y Heim en los Alpes suizos. Por eso, cuando exponía sus conjeturas sobre la formación del subsuelo de la ciudad de México, iban los otros profesores de la facultad de ciencias a escucharlo como si estuviera ofreciendo una conferencia magistral.

Entonces, Herman pensó que la universidad no fue hecha para él, que era un hombre sin paciencia y crítico, y decidió quedarse como consultor de tiempo completo en la Dirección General de Obras del Departamento del Distrito Federal, donde tuvo la oportunidad de corregir sus propias teorías sobre el subsuelo de México, y luego resolvió irse a la Comisión Federal de Electricidad, donde comenzó a recorrer todo el país viendo las presas, con el ambicioso proyecto de trazar un día el mapa geológico del eje volcánico transmexicano.

Una noche lo mandó llamar su antiguo jefe y amigo, Nabor Carrillo, rector de la Universidad Nacional, quien contaba entre sus méritos el haber determinado las causas precisas del hundimiento de la ciudad de México: "Díganle a Sulzer que deje por un rato sus mapas geológicos, que lo necesito, que traiga equipaje para una semana, porque sale esta noche conmigo y otros ingenieros rumbo a Chile, donde acaban de sufrir un terremoto". La experiencia en cálculo, tectónica de placas y la observación de los movimientos telúricos de la ciudad de México les sirvió para explicar a los geólogos chilenos qué era lo que había pasado.

Herman sabía, gracias a la lectura de las capas geológicas y de las propiedades de las rocas, dónde debería construirse una presa y dónde, por el contrario, se fracturaría la cortina o la roca base, y se vaciaría el vaso. Encontraba agua subterránea o ciertos minerales, y aconsejaba dónde podría edificarse una termoeléctrica o una nucleoeléctrica; y dónde un temblor afectaría las estructuras de un puente.

—La ciencia geológica —aseguraba con frecuencia jugando con la brújula o la navaja suiza, ampliando lo que explicaba con sus característicos dibujos— no tiene mayor ciencia que conocer los eventos geológicos que ocurrieron en la profundidad de la Tierra, que es un ser vivo como nosotros.

E insistía, agudo, a sus ayudantes o a los ingenieros que salían al campo con él:

—"Eso que ven allí, señores", decían mis maestros, "ese espectáculo", es decir, el paisaje, "no es otra cosa que el vestido de la corteza terrestre; y en esa ropa están las claves de lo que lleva debajo."

Y luego agregaba:

—Es igual que observar cómo se viste una mujer, no se les olvide: si va de seda, es que... se acuesta con un funcionario.

Y no daba cabida a la risa, pues seguía sarcástico:

—Los movimientos tectónicos que mueven los continentes y dan forma a la tierra bajo el suelo transforman y distribuyen las rocas y los minerales. Por eso es importante investigar dónde estaba antes, dónde trabajó con anterioridad el amante de esa señora. ¡Así sabremos de dónde provino el atuendo que ella lleva puesto!

Sólo había que comprender los procesos geológicos y sus efectos en la corteza terrestre para llevar a cabo una exploración exitosa o pronosticar si un sitio era permeable o si las fallas lo volverían peligroso. Y él, con esa exactitud germana que lo caracterizaba hasta en su nombre, sabía de atrás para adelante cada uno de los sucesos de las eras y los periodos geológicos.

—¿Qué es una vida humana en tantos miles de millones de años? —preguntaba a sus ayudantes.

O cuando un temblor sacudía la tierra, en pleno movimiento llamaba por teléfono a sus amigos para comentar si era ondulatorio o trepidatorio, calcular los grados, el posible epicentro y sus probables consecuencias; y terminaba jugando:

—¿Se dará cuenta una hormiga del crecimiento del árbol por el que camina?

Herman conocía los episodios del precámbrico al cuaternario como las líneas de la palma de su mano.

—En África —le aseguró aquel domingo a Hilda— ya sabíamos hasta por el color de la tierra lo que había bajo el subsuelo. Si lo veíamos rojo o verde-amarillo, había minerales.

Otras veces usaba su sentido común: si no había comercio, sólo ver qué armas o utensilios usaban los nativos le daba la seguridad de qué minerales explotaban en esa zona aunque fuera en cantidad casera.

En realidad, Herman era geólogo con especialidad en mineralogía, porque cuando hizo la carrera sólo había dos caminos: ser petrolero o minero; y él le había dicho al doctor Sulzer, que había tratado inútilmente de inculcarle el amor a la medicina, que no iba a convertir su casa en un albergue de indigentes como él, ni a enriquecer a nadie con el petróleo.

Y el doctor le había respondido mordiendo la pipa, sin quitar los ojos del periódico:

—De todas maneras, Herman, te conozco, vas a terminar curando a la gente en las colonias africanas. Vas a regalar tus pantalones otra vez.

Y fue cierto, el botiquín que su padre le había preparado al salir rumbo a África, le sirvió: cauterizaba las heridas de los trabajadores, prescribía quinina para las fiebres de la selva, administraba contraveneno para las mordeduras de animales ponzoñosos y ordenaba que hirvieran el agua en los campamentos, cuando estaban lejos de los ríos. Y, años más tarde, en México, en su casa del Ajusco, recibiría, como su padre, a los necesitados.

Por eso, porque la mineralogía era algo que le apasionaba a fondo, no porque se hubiera perfeccionado en África, asesoraba los fines de semana a los mineros del centro y del norte del país, y estuvo a punto de ir a la cárcel cuando el director de los laboratorios Syntex lo contrató porque quiso diversificarse y hacer pinturas: "Voy a hacer la pintura más blanca del mundo", la fabricada con bióxido de titanio, abundante en las playas de Veracruz y Manzanillo. Cuando Sherwin Williams, Dupont y Republican Steel se dieron cuenta de que Syntex quería comenzar una industria de bióxido de titanio en México, instalaron una planta en Tampico y trataron de impedir que el director de Syntex obtuviera el préstamo de Nacional Financiera: "Si establecen la industria del titanio, nosotros cortamos otros créditos".

Entonces Nacional Financiera tenía que darle al director de Syntex una razón para no darle el crédito, y dijeron que los estudios geológicos de las reservas estaban equivocados.

—Sulzer, sé que eres un buen geólogo. Me están atacando. Ya mandé checar lo que me dijiste de los yacimientos de Colima, Petlacalco, Manzanillo y Veracruz. Tienes razón. ¿Estás dispuesto a pelear contra Nacional Financiera?

—No me echo para atrás —fue claro.

Sulzer comprobó que los yacimientos sí existían, y lo mandaron arrestar por usurpación de funciones, porque no tenía título mexicano; pero el abogado del director de Syntex había mandado regularizar el título suizo que estaba en trámite y eso lo sacó de la cárcel, junto con las recomendaciones de Nabor Carrillo y Ernesto Uruchurtu.

Con los sueldos de la Comisión de Electricidad y sus asesorías ahorró para casarse con Susan Flam, una pianista y escritora norteamericana que había llegado a México en 1963, en un intercambio con el Centro Mexicano de Escritores, que entonces dirigía otra estadounidense llamada Margaret Shedd.

La esposa de Herman se había ido quedando en México, pues se acomodó como secretaria con un "hombre de negocios" que resultó ser agente de la CIA, para los asuntos relacionados entre México y Cuba.

Susan le daría a Herman dos hijos: un niño, el mayor, y una niña a quien pusieron Mary en honor a Mary Anning, quien en las primeras décadas del siglo XIX comenzó a juntar fósiles marinos para venderlos en la tienda de *souvenirs* de su padre, y terminó coleccionando esqueletos de animales marinos del jurásico, muchos de los cuales se encuentran hoy en día en el Museo Británico de Historia Natural; y quien inspiró ese trabalenguas que Susan solía decirle a su niña:

> *She sells*
> *Seashells*
> *by the seashore.*

Herman había conocido a Susan en la casa del doctor Baker, un amigo de su padre, también bacteriólogo del Hospital de Enfermedades Tropicales, que vivía en la calle de Campos Elíseos, cerca del Bosque de Chapultepec, donde viernes y sábados un grupo amateur de actores y dramaturgos montaba obras del teatro norteamericano clásico: Tennesse Williams, Eugene O'Neill, William Inge, Edward Albee. Allí había descubierto Herman obras como *The Glass Menagerie*, *Long Journey into the Night*, *Picnic* y *Who's afraid of Virginia Woolf*.

El doctor Baker estaba casado con una mujer excepcional, pediatra del Hospital Inglés; y Herman se había hecho su amigo y la frecuentaba porque difícilmente, entre las mujeres mexicanas que tenía a su alrededor, alguna sostenía una conversación sobre música o literatura, o había leído a Kant, Heidegger o Sartre. Las reuniones entre los mexicanos eran ridículas: los hombres se iban a un salón a hablar de sus relaciones amorosas fuera del matrimonio, usando por lo general palabras altisonantes, y las mujeres se quedaban solas hablando de los niños y de la casa.

Julia Baker era un mujer interesante y sofisticada, con la que entre semana podía pasar cualquier noche a escuchar música y beber café o whisky; pero no más interesante que Madame Oliver, la propietaria del Temple Bar de Tampico, que si bien tenía una profesión original, poseía una cultura refinada y europea y un conocimiento del ser humano excepcionales.

Después de las funciones de teatro en casa de los doctores Baker, los asistentes se quedaban a discutir las piezas montadas y a conversar.

La futura esposa de Herman le había contestado, cuando él le ofreció una copa de vino:

—Prefiero saber qué le pasó en esa mano —y se había sonreído con nerviosismo, arrepentida de su curiosidad.

Susan, delgada y rubia, era una escritora neoyorquina que apreciaba lo clásico a la vez que lo moderno; que gustaba de Allen Ginsberg, Ken Kesey y otros escritores de la generación *beat*, y disfrutaba del *trad jazz* y del *cool jazz*, y tenía unos ojos intensos y profundos y una voz clara y educada.

Y él rió, francamente turbado, por aquella inesperada pregunta:

—*It wasn't love, I swear you* —contestó.

—*Wasn't it?* —musitó ella con ironía.

—*It was desire and passion which are different. Don't you agree?*

Y Herman vio en los ojos de Susan el futuro: era americana, y no sólo hablaban el mismo idioma sino que habían sido educados con las mismas costumbres, y por lo visto tenían las mismas inquietudes. Sólo tenía un problema: que era casada; pero ya encontraría la manera de no perderla.

La cicatriz en la mano de Herman era producto de la lascivia. Ciertamente, Herman no había mentido.

En otras ocasiones había rehusado hablar de aquella marca y escuchaba en silencio los comentarios:

—¿Una pelea?

—¿La mordida de un animal salvaje?

—¿Tráfico de diamantes?

—¿Un accidente?

No era un hombre embustero ni diplomático, siempre decía lo que pensaba; por eso, su carácter y su personalidad abrupta para muchas cosas desconcertaba tanto a los ingenieros mexicanos con los que trataba.

25

"Querida Hilda", comenzaba la carta de su hermano, escrita detrás de un dibujo del desierto de Sonora, "te preguntarás por qué te escribo hasta ahora."

Se la había dado la portera cuando salía del edificio, y había creído que se trataba de una carta para Flora, quien no dejaba de recibir noticias de todo el mundo, menos de su papá y su segunda esposa.

Cuando leyó su nombre, se le salió el alma del cuerpo, como si fuera a desvanecerse de la agitación. Había roto el sobre, que tenía en la orilla unas rayas con los colores de la bandera mexicana, sin fijarse que venía remitido de Sonora, y caminaba quitando la vista del papel sólo para cruzar las calles:

"Querida Hilda, te preguntarás...", había vuelto a comenzar, después de ver otra vez los naranjas y los cafés en el anverso del papel, y de limpiarse las lágrimas, como si no hubiera entendido las otras lecturas, como si necesitara hacer una más para descifrar el contenido del mensaje:

...por qué te escribo hasta ahora. Quizá porque no tenía nada que contarte, pues todo estaba igual. Por eso, a veces nada más te mandaba un dibujo, para que no te fueras a olvidar de mí.

Para ser sincero, no es que no tuviera nada que decirte, hermanita, pero ya me conoces: soy flojo. No sé escribir tan bonito como tú. Sólo sé pintar y ni siquiera lo hago bien; pero un día, verás, lo haré mejor.

No sabía cómo ponerte en una carta lo que me gustaría que supieras. No que te extraño, porque eso lo sabes, ni que me hace feliz pensar que vives, por fin, una vida distinta a la que teníamos. No sabes qué gusto me da imaginarte contenta con Flora y que no nos necesites. Quién como tú que está en París. Qué envidia me das. A lo mejor te alcanzo un día. ¿No crees que me dan ganas de darme una vuelta por allá?

Joven pintor busca a sus hermanas en París.

Yo dejé de ir al IFAL desde que vivo con mi tío Rodolfo. Y aquí no hay clases de francés. Mi tía Julia es un alma de Dios, y cariñosa, y le gusta lo que pinto. Me pregunta por ti, cómo era tu vida en la casa, y fue ella quien me animó a escribirte esta carta, Hilda.

Me dijo:

"Ándele, hijo, escríbale como pueda. Ya verá que le va a salir muy bien."

En este momento yo también tengo un ángel de la guarda, no nada más tú; aunque Flora nos lleva muchos años y no vivimos con ella, se ve a todo dar, ¿verdad?

Estoy muy entusiasmado desde que mi tío Rodolfo me invitó a venirme con él a Sonora, a terminar la preparatoria. Estuve a punto de irme de la casa: había planeado trabajar del otro lado; el tío ya me dijo que va a mandarme a Estados Unidos, pero a una escuela de arte.

Joven pintor se va a Estados Unidos
a una escuela de arte.

Ahora, Hilda, te voy a explicar por qué estoy con mis tíos, ¿eh? Ya le di muchas vueltas al hilo del trompo:

El tío Rodolfo fue a México porque, no te vayas a asustar, mi mamá se fue de la casa. Empacó sus cosas una mañana y, cuando en la noche llegó mi papá, ya no la encontró.

Yo no me di cuenta de que se había ido porque, para variar, llegué de la escuela y me encerré a oír música y a hacer la tarea. Cuando mi papá abrió la puerta del cuarto y me preguntó: "¿Dón-de es-tá tu ma-má?" Le contesté tan quitado de la pena: "Debe andar en la cocina". "Se-lle-vó-su-ro-pa", dijo desorientado.

Por primera vez lo vi como que no sabía qué hacer. Y no creas que estaba fuera de sí. Estaba, como te digo, sorprendi-do. Hasta que entendió que mi mamá se había ido de verdad, reaccionó con furia y se puso a buscarla. Le habló a todo mundo preguntando por ella, y me dio gusto verlo tan desesperado. "A ver si entiende", pensé.

Yo tampoco podía creerlo. No tenía la menor idea, ni la tengo ahora, de dónde se pudo haber ido mi mamá, y no lo podía aceptar, porque no dejó ni una nota. "Vaya", le dije a mi papá, "hasta que mi mamá hizo algo inteligente, ¿no cree?" Como te imaginas, sí, me contestó con un bofetón de los suyos.

Cómo le debe de haber costado trabajo tomar esa decisión. ¿No es cierto? Mi mamá no me dijo nada, Hilda, tal vez para que mi papá no me sacara ni a golpes dónde se había ido.

Mi mamá siempre me hablaba de ti, de lo mucho que te extrañaba y de lo bien que estabas con Flora. Y me daba, te lo confieso, celos de que estuvieras lejos. Decía que tú y yo éramos lo mejor que tenía. Y pues, sí. Viendo su vida, no es precisamente que seamos una maravilla. ¿Verdad?

Seguido me decía: "Ayúdeme a ponerle unas líneas a su hermana". Es curioso, Hilda, mi mamá siempre me hablaba de usted a mí y de tú a ti. ¿Por qué será? Se quedaba piense y piense; yo creo que en lo que iba a decirte. Me imagino que te habrá escrito. A lo mejor hasta sabes dónde anda. Nosotros creíamos que se lo había dicho a mi abuelita o a mi tío Rodolfo o mi tía Julia, pero es un misterio. Ya tiene varios meses que se fue.

Alégrate como yo de que por fin dejó a mi papá. ¿No? Mi mamá debe estar mejor, no te preocupes por ella. Mucho mejor. Y ya nos avisará dónde anda. Hizo bien en no decirle a

143

nadie porque mi papá hubiera ido por ella; y ¡otra vez lo mismo! ¿O no? Mi papá siempre le pedía perdón: que muy arrepentido, que no lo vuelvo a hacer, que por favor… y al día siguiente se le olvidaba el arrepentimiento.

Cuando mi papá le habló a mi tío Rodolfo para preguntarle por mi mamá, mi tío se fue de volada a México. Yo creo que colgando el teléfono se subió al carro. Así lo habrá oído. Y le pidió a mi papá que me dejara venir a Sonora con él. Y accedió, ¿tú crees? Dijo que mientras aparecía mi mamá, que era sólo para que él pudiera buscarla. Quién sabe qué habrá pensado.

Nos pidió que nos trajéramos a la Loba. Así que ya sabes, la Loba está aquí, extrañándote también.

Mi tío dijo: "Nada más nos falta la jaula del perico".

"¿Cuál?", le dije, "si perico no tenemos, sólo la perra."

"Ya ha de andar el cabrón con alguna muchacha", me aseguró el tío.

Pero no lo creo, Hilda. O viéndolo mejor, ojalá. Ojalá y ande con alguna muchacha bonita que tenga de tonta todo lo que tenga de bonita, y se le olvide que existimos y no lo volvamos a ver nunca. Muchas veces me he preguntado por qué nos tocó una familia así.

Te escribo todo esto, Hilda, porque aquí a todos nos parece mal que no estés enterada, aunque a lo mejor, como te dije, ya te escribió mi mamá o Flora te lo dijo. Dice mi tío Rodolfo que no hay como conocer la verdad.

Mi tía Julia me insistió: "Escríbale a su hermana, ándele, hijo, alguien se lo tiene que decir. Ya está grande, sabrá comprender y le va a dar las gracias. Eso es una cosa que no se lo puede decir más que usted que es su hermano".

Y creo que piensas como yo. ¿No era ése nuestro deseo? ¿No queríamos que mi mamá se separara de mi papá? Pues hasta que tuvo valor. ¿No?

Ya sé lo que estás pensando: dice mi tío Rodolfo que cuando regreses, vas a vivir aquí en Sonora, con nosotros, si es que entonces no sabemos nada de mi mamá. Son muy buenas personas, ya los conoces un poco. Ellos debían haber sido nuestros papás.

Por favor contéstame pronto, que se te quite lo enojada porque no te escribía. Quiero saber que entiendes lo que pasó, y que sabes como yo que es lo mejor para mi mamá. Y si Flora y tú saben dónde está, me lo dices. No te creas, siento raro no saber dónde anda; aunque sea para confirmar que está bien.

Te mando este dibujo que hice luego de que fui al desierto de Altar con mi tío. El sol allí se ve dorado y naranja. A ver si te gusta. Es un regalo especial, lo hice para ti. Saludos a Flora.

Tu hermano que te quiere y te extraña,

Antonio

26

Hilda cerró el libro de Nadine Gordimer y marcó otra vez el teléfono de Herman. Había esperado veinte años para hablar con él y no podía posponer esa llamada, aunque se lo hubiera propuesto, aunque no supiera qué decirle.

—*Habla Sulzer —contestó.*

—*Herman, esta semana... en el aeropuerto...*

—*La niña de París, ¡eh!*

—*...*

—*Tendrás que contarme esa historia con todo detalle.*

—*La historia de París no vale la pena —jugó Hilda.*

—*A que no te querías regresar.*

—*Siempre quise regresar, Herman.*

—*¡No me desilusiones!*

—*Tendrías que saber.*

—*¿Saber? ¿Qué?*

—*...*

—*¿Saber qué?*

—*Ya te contaré.*

—*No me digas que no te adaptaste, porque no te lo creo.*

—*Me adapté tan bien, que me costó trabajo acostumbrarme a la vida de México.*

—*Ni que tu hermana era un monstruo, porque no es cierto.*

—*Claro que no, Herman.*

—*Bueno, pues me da curiosidad.*

—…

—*Y ahora, ¿qué haces?*

—*Soy antropóloga.*

—*¿De la Sorbona?*

—*De la Escuela Nacional...*

—*¿Con qué especialidad?*

—*Nada que ver con la geología.*

—*Entonces, tuviste malos maestros.*

—*Social. Antropóloga social, Herman.*

—*Dime cómo es el paisaje y te diré qué hace la gente y cómo.*

Hilda rió. Era el mismo timbre de voz de entonces: lo escuchaba en el recuerdo. Tenía esa premura y esa seguridad que soñaba. Un timbre agudo y distintivo por la manera casi imperceptible de arrastrar el inicio de las palabras: "Háaaabla Súuuulzer".

—*¿Te casaste o qué?*

Cerró los ojos y lo vio allí de pie junto a ella, en la recepción de la embajada de México, con aquellas arañas de cristal encendidas a lo lejos, un enorme piano de cola y los meseros españoles de filipina y guantes blancos sirviendo canapés y vino mientras Hilda trataba de adivinar la nacionalidad y los años de Herman.

Reconoció en su recuerdo a los cónsules Nieto y Choza, quienes se harían amigos de Flora; a Ana María Berlanga, a Jacqueline Quintanilla, a las hermanas Treviño... a la gente que trabajaba en el consulado, sobre todo; porque de la embajada, casi nadie visitaba a Flora excepto Carmen Cano, una veracruzana alegre y ocurrente, secretaria del primer ministro, Octavio Paz, y ex esposa del periodista mexicano Carlos Denegri, de quien contaba cómo había sido de agresivo y violento con ella, mientras Hilda sudaba recordando la mano levantada de su papá.

Vio a Herman con una copa de vino blanco en la mano, hablando de lo espléndido de la noche para desperdiciarla allí metidos, en lugar de caminar por los muelles y los puentes del Sena o por los Campos Elíseos, o disfrutar de un concierto o cenar en Les Halles; lo oyó quejándose de los mexicanos que salían al extranjero llevándose consigo su Mexiquito, como ella en esa época en que llevaba su San Juan en el corazón.

Y se miró a sí misma con aquel vestido azul que se ponía para todas las reuniones a las que Flora la llevaba. El mismo. Sin pena de no estrenar, de no cambiar de estilo, color o de tela ("Qué necia, Hilda, ¿por qué no quieres que te compre otro?"); y sintió apretada la correa de los zapatos de charol que aborrecía porque rechinaban, y las calcetas blancas de punto, porque no usaba medias ni se pintaba siquiera un poquito los labios como sus amigas de México.

—Qué.

—¿Qué quiere decir eso?

—Que a punto de casarme, con regalos y todo, me arrepentí. Me eché para atrás.

—¡Ándale! —soltó esa expresión tan mexicana—. Más vale a tiempo. Te felicito. Así pasa.

—Era muy joven.

—Mejor aún.

Se había enamorado a los 19 años, de un muchacho sonorense, directo y sencillo como la gente del norte. Un joven educado a la manera de provincia, quien se había deslumbrado con la frescura de una Hilda inquieta, pero quien no alcanzó a comprender a una Hilda ávida de experiencias e incansable, ni que a su novia le había pasado lo que doña Filo le había pronosticado una noche en París: nadie podría pegarla al árbol otra vez; menos aún a un árbol que crecía en una población alejada de la ciudad de México, donde había

149

pasado la niñez y parte de la adolescencia, y que no tenía ninguna oferta para retener una rama llegada del extranjero.

En definitiva, Hilda no era la misma, incluso ella se reconocía distinta del resto de las jóvenes sonorenses de su edad. Se había enamorado de un muchacho honorable y bueno, como habría dicho Natipah, pero a quien no le contó, por miedo a que no lo entendiera, su secreto de París. Pensó que el matrimonio la sacaría del aburrimiento de la casa de los tíos y que le daría mayor libertad para conducir su vida, pero se dio cuenta de que no estaba dispuesta a estar todo el día en la casa preparando la comida y cuidando niños, porque siempre pensó estudiar una carrera, trabajar en algo que le gustara.

Hilda se aburría con la vida lenta y pequeñita de provincia, donde estaba mal visto que las mujeres salieran solas, donde no había nada que hacer, y donde los hombres, como su novio, se iban al boliche o a tomar unas cervezas o al café saliendo del trabajo.

En Hermosillo, donde vivía, no tenía por dónde ir ni con quién conversar que no lo supiera de inmediato la ciudad entera; y sus amigas no hacían nada que no fuera arreglar la casa, ir al club y juntarse a jugar cartas.

Extrañaba París, la libertad que le había dado Flora para andar husmeando por todos lados. No sabía estar encerrada en una ciudad con vida de pueblo. Quería irse, huir, salir de allí.

"No me gusta Hermosillo", se repetía, como cuando le aseguraba a Flora: "No me gusta París".

"¿Qué me pasa, por qué me quiero casar?", se angustiaba reflexionando antes de dormir pensando en un novio que sólo la quería bonita para lucirla en las fiestas, y le preguntaba desconcertado para qué quería seguir estudiando si él le daría todo lo que necesitaba.

En Hermosillo no había buenos cines ni teatros ni exhibiciones ni conferencias; había, sí, una Casa de la Cultura que centraba sus actividades en clases de piano, danza y pintura, sobre todo para los niños, donde ella daba clases de francés; pero se ahogaba, literalmente, encerrada, esperando bajo el ventilador que llegara su novio del boliche o del café, y habló con sus tíos para que le ayudaran a irse a estudiar a la ciudad de México.

No dormía buscando la descompostura en su interior. ¿Qué había mal en ella que a ningún sitio se adaptaba? Le daba miedo mirar dentro de sí porque encontraba un mundo tan lastimado que creía sin remedio. Pensó que le iba a doler separarse de ese joven bondadoso y sencillo, pero al entrar a la Escuela de Antropología le cambió el mundo.

La madre de Hilda fue a visitarla; y le rogó que la perdonara: había aparecido después de dos años.

Una noche le habló a su cuñada, a Hermosillo, tanteando el camino. Su hermano le mandó decir que ni él ni Hilda querían verla, que no sería bien recibida; en cambio, su hijo fue unas vacaciones a Culiacán, donde ella vivía con un anestesista, y regresó tranquilo. Convenció a su hermana de que la viera; y tiempo después tuvieron la primera entrevista, pero Hilda no pudo olvidar el abandono. Tenían una relación fría y distante aunque se hablaran por teléfono de vez en cuando.

Cuando Hilda se fue a la ciudad de México, abrazó a su madre como si fuera una desconocida. En cambio, a la tía Julia le pidió la bendición.

—¿Y qué haces? —preguntó Herman.

—Andar en el campo, como tú, supongo. Es mi vida.

—¿Qué sabes cocinar? —dio Herman un giro a la conversación.

—¿Cómo?

—¿Qué es lo que mejor te sale en la cocina?

—Jugar.

—Así son los buenos cocineros. Prepárame algo sabroso y espérame con una copa: yo llevaré el vino. Tenemos mucho de que hablar.

—¿Cuándo?

—Este domingo.

27

Susan Flam insistió sobre la cicatriz en la mano de Herman, pero él evadió la respuesta. No estaba de humor; prefería, en cambio, abordarla, saber quién era, qué hacía en México.

Acordarse de aquella historia que había dejado atrás por completo, le causó malestar. De pronto vinieron a su mente el miedo y la angustia que lo habían orillado a ahondar la herida:

La luna ascendía tras las nubes, sumergiéndose en la densidad de la noche. El calor y la humedad en aquella región del sur del Congo belga conocida como el cinturón del cobre, no dejaban de sentirse, como la música que habían estado tocando en la aldea de un jefe bantú, para celebrar el inicio de la temporada de la caza de gacela.

En los campamentos móviles, acabado el trabajo, la gente bailaba o hacía música con tambores o caparazones y primitivos instrumentos de percusión; pero los rituales ancestrales se quedaban en las aldeas, esperando el regreso de los hombres para dar lugar al cumplimiento con los dioses. Ritos aparatosos, en los cuales, como en aquella ocasión, los blancos podían participar como observadores.

Herman había ido a la fiesta con entusiasmo, pues las ceremonias rituales le parecían tan ligadas a la tierra y sus ciclos como los minerales.

Bajo la luna que caía y las antorchas que iluminaban el espectáculo, los hombres bailaban en círculo con sus armas y escudos, en sentido inverso a las manecillas del reloj; y siete metros hacia afuera, las mujeres hacían lo mismo pero en sentido contrario. En otro círculo, alejados de las mujeres otros siete metros, los ingenieros rusos, los geólogos y los hombres de otras tribus observaban en silencio.

Herman había aceptado beber la pócima de una raíz que avivaba los sentidos. Escuchaba, afiebrado, el ritmo de los tambores y los cantos, cuando comenzó a desear a una mujer que bailaba frente a él. Aquella joven se movía con sensualidad, quizá como todas, pero su torso desnudo no dejaba de ser una provocación. Era una joven perfecta. Atractiva, como Beatriz, a la manera de los negros, no de los blancos, cuyo concepto de belleza era distinto: tenía las caderas redondas, los pechos redondos y firmes, los labios gruesos, los ojos grandes y brillantes en la oscuridad.

Esa chica y Beatriz eran lo prohibido, el tabú; y Herman se complacía transgrediéndolo, en esa selva donde no había mayor placer que la naturaleza: la puesta de sol, la dimensión de un río, la niebla de la selva.

Ansioso y sediento de aquella mujer, Herman pidió al guía que se la consiguiera; pero éste se negó. Entonces le ofreció una recompensa, y le explicó que quería llevarla después del ritual a una de las cabañas de las afueras del campamento.

Su ayudante lo previno diciéndole que se iba a meter en problemas, porque era una de las favoritas del jefe bantú. Eso lo había adivinado Herman nada más con verla, con mirar aquel cuerpo, aunque era difícil saber qué mujeres pertenecían a los jefes porque el gobierno belga había obligado a los jefes tribales a casarse con la primera esposa, con la más vieja, y a deshacerse de las otras, puesto que habían implantado la religión católica. Pero las costumbres ancestrales seguían practicándose con disimulo.

Terminada la ceremonia y baja la luna, Herman huyó exaltado por la bebida y el ansia, rumbo a las cabañas levantadas en las afueras del asentamiento bantú, camino a su propio campamento. Llevaba a la joven delante del guía, siguiendo, con una linterna, el camino trazado durante años por las manadas de elefantes.

Precedían al acompañante por lo menos cincuenta pasos, pues Herman no deseaba cohibir a la muchacha, ni que aquel hombre viera cómo la iba preparando para que se le entregara.

Herman estaba nervioso y estimulado por la bebida, y el miedo al jefe bantú y la oscuridad lo excitaban todavía más: tanto jugaba con los pechos de la joven, como trataba de besarla y de tocarle el sexo; cuando, de pronto, cayeron en una trampa para elefantes de más de dos metros de profundidad.

Tardó en reaccionar. Del miedo, no sentía el golpe, y tampoco se dio cuenta de que se había herido la mano izquierda con la punta de una de las estacas que ocultaban el agujero, porque no sentía dolor ni la sangre que le corría por el brazo.

La negra no decía ni una palabra.

—¿Estás bien, mujer? —le preguntó buscando la lámpara.

No hubo respuesta.

Herman, de temperamento arrojado y atrevido, experimentaba el pánico. Esperaba la respuesta de la muchacha, saber que no había muerto del golpe.

—¿Estás bien? —insistió.

—*Nioka, nioka* —dijo una voz apagada.

—No. No hay, mujer, no hay serpientes —mintió porque estaba seguro de que allí habría por lo menos una cobra.

Se oía el trinar de un pájaro nocturno, y la brisa movía las hojas de los árboles, como si algún leopardo estuviera acechándolos.

Encontró la lámpara cuando la muchacha se incorporaba.

Por fin llegó el guía y lo sacó de allí; y cuando entre los dos tiraban de la joven, Herman vio que una mano leprosa lo había sacado de la trampa. Entonces, con la navaja suiza cortó la carne donde se había hecho la herida con la estaca y había tenido el contacto con la mano infectada, y pidió que le hicieran un torniquete con la camisa.

Ya en la cabaña se lavó la herida y se vendó la mano con otro pedazo de la camisa; y no pudo hacerle el amor a la muchacha. Estaba demasiado asustado. Sentía la opresión de la noche palpitándole en el corazón. Pensaba en la lepra, en el jefe bantú, en su reputación, en su deshonor, en qué habría pasado si la chica hubiera muerto, en el precio que pondría a la joven si era descubierta, y él ya tenía una mujer, para qué demonios quería otra.

Pensaba en Beatriz y su reacción si llegaba con aquella mujer. Tal vez no le diría nada porque estaba acostumbrada a compartir al macho, como las leonas de una manada. Ambas pertenecían a un mundo que no era el suyo, uno que no parecía real, donde no había pastel de cumpleaños, partido de futbol, medias de seda para las mujeres como ellas, hora del té, copas de Baccarat ni vajillas de Limoges.

No. Allí no había chocolate ni queso suizo ni el beso de las buenas noches. Vivía otro mundo: uno de abrelatas y cacerolas de cobre y latón, de platos de madera, de machetes y cuchillos, de arcos, flechas y lanzas, de botas para la selva y mangas para la lluvia, de insectos y antílopes y leones y simios, de explosivos y detonadores... donde no podían reconciliarse los dos mundos.

Humillado y tembloroso, Herman le pidió perdón a la joven y la mandó con el guía de regreso al campamento del jefe bantú, mientras él caminaba a la cabaña donde lo esperaban un canto alegre y profundo, un voluptuoso movimiento de caderas, unos ojos comprensivos y una sonrisa iluminada.

Herman no volvería a tener fantasías con las mujeres que no eran suyas. Después de todo, había tenido suerte aunque le quedara la mano deforme.

28

Cuando Hilda llegó al departamento de doña Filo, ya no lloraba. Había vagado sin rumbo por la avenida Victor Hugo y, en la plaza, tomado por instinto la calle Copérnico para bajar por Kléber hacia el Arco del Triunfo. De pronto se dio cuenta de que estaba tocando el timbre de la portera.

Al pasar por la embajada de Malasia había tenido la impresión de que Natipah la espiaba desde la ventana, y creyó que saldría en unos minutos, para caminar con ella a la escuela. Se detuvo a esperarla: tal vez no se había casado y estaba de regreso en París. Pero Hilda confirmó que la hija de Rahman vivía en Kuala Lumpur con un marido por conocer y amar.

—*¿Tu n'as pas peur, Natipah?*

—*Mais non, Hilda.*

Natipah no tenía miedo; estaba ilusionada.

—¿No te asusta llegar y ver que...?

—No soy la primera que se casa así... Y ya, cállate.

—¿Cómo es?

Por respuesta sólo vio una sonrisa desconcertada.

—¿Joven?

—¿Vas a comenzar otra vez?

—¡Viejo!

Natipah sonreía.

—¿Gordo?

—Ya.

—¡Flaco!

Natipah dejó de sonreír.

—¿Moreno?

—Es un hombre respetable... Dicen —subrayó.

—Pero no lo quieres.

—Sin duda, lo querré.

—¿Vas a decírmelo? ¿Me dirás la verdad?

—Sí.

—¿Me lo juras?

—¡No se jura, Hilda!

—¿Me dirás?

—Claro, tengo rostro.

—¿Qué?

—Que no voy a perder mi rostro.

—¿Qué quieres decir?

—Que te voy a escribir.

Ésa había sido la última conversación entre las dos.

Hilda la había dejado en la puerta de la embajada, y se habían dado la mano:

—¡Hasta pronto!

Así había dicho la hija de Rahman, y luego agregó:

—Te contaré.

A Hilda se le llenaron los ojos de lágrimas, y echó la carrera hacia el Bosque de Bolonia, como si fuera una niña de ocho años.

Habían pasado dos meses cuando le llegó una postal de Natipah, que mostraba una ciudad moderna y oriental al mismo tiempo. Se veían unos edificios altos y un templo hindú al fondo y, en primer plano, una mezquita y gente alrededor de puestos de comida y fruta:

Querida Hilda:

Un día, tal vez, vendrás a visitarme. Será difícil olvidarte; siempre estarás en mi corazón aunque pasen tantos años que no podamos contarlos con los dedos de las manos de mi esposo y mías.
Soy feliz. Alá me ha bendecido.

Tu amiga, Natipah

Sin duda la hija de Rahman era dichosa porque tenía la fuerza y la voluntad de aceptar el destino, mientras Hilda lo rehuía y quería cambiarlo. Natipah sería feliz porque:

Era una muchacha buena y lo merecía.
Lo había deseado con toda el alma, y estaba dispuesta a hacer cualquier cosa para serlo.
Le habían conseguido un marido "respetable".

Hilda no entendía con claridad el significado de "respetable", pero también quería encontrar un marido que fuera valioso para ser feliz, no como su mamá y Flora; pero, sobre todo, no deseaba casarse sino enamorarse.

Le urgía estar prendada de alguien como la María de *West Side Story*; así, locamente ilusionada. Muchas veces, se sentaba en el balcón de la sala para mirar el bosque a lo lejos y a la gente que caminaba por el bulevar, allí tan cerca de ella; porque desde el primer piso se le figuraba que casi podía tocarla, y tal vez una tarde pasaría por ese lugar el que sería su novio.

La postal de Natipah quedó suelta en el álbum. No había querido pegarla para observar, de vez en cuando, el rostro de una ciudad que imaginaba distinta durante los relatos de su amiga.

La portera la dejó pasar.

Doña Filo estaba recién levantada. Se había puesto una bata vieja de hombre, con un cordel de seda gastada. Apenas se le veía la blusa rosa del pijama y la orillita del pantalón.

Así, de mañana, doña Filo se veía blanca o más bien gris o transparente, porque las venas de la cara y la garganta, sin maquillaje, mostraban su recorrido, y los pómulos le sobresalían más. Le hacía falta el rojo de los labios para disimular la palidez, y recogerse el cabello hacia atrás, en ese enredo que se hacía con las peinetas, para verse con aquella dignidad que mostraba caminando por los Campos Elíseos como si tuviera menos años.

—¿Qué te ha pasado para levantar a la abuela?

Hilda le tendió la carta de su hermano.

—Pasa, mujer.

Doña Filo se sentó en el sillón, frente a la chimenea, bajo la luz de la lámpara.

—Trae mis gafas, anda —pidió—. Y recorre las cortinas.

Hilda voló.

—Ya decía yo. Tu madre te acomodó y se fue con alguien. Quita esa cara, mujer. Deberías estar contenta. Mira qué hermano tan donoso. ¿Y por eso lloras? ¿Qué más te da, si de todas maneras no sabías nada de ella? ¿Qué más te da que tu madre esté en una casa o en otra?

Doña Filo no se andaba por las ramas. Era directa y dura.

—¿Se la has leído a Flora?

Hilda no contestó.

—Pues tendrías que llevársela.

—¿No sabe? —preguntó con inocencia.

—Claro que no, mujer, me lo habría dicho. Mira tú, si supieras el gusto que le va a dar —fue irónica.

Hilda había ido a buscar consuelo y encontró un centro para apoyarse el resto de su vida: la verdad.

Doña Filo se levantó:

—Ya viste que la vida es dura, ¿verdad? Pues esto no es nada junto a una guerra, ya te he contado. Tienes suerte, allí están Flora, tu hermano, esos tíos que te esperan... Y ahora deja que la abuela se haga la *toilette*. Puedes quedarte, si quieres —terminó con sequedad.

No se quedó, siguió su peregrinaje hasta la Oficina de Turismo, donde le entregó la carta a su hermana.

Cuando Flora terminó de leerla, se acercó a Hilda que seguía allí de pie, mirándola:

—Ahora entiendo —fue lo único que dijo.

Hilda guardó silencio y, por primera vez, sintió que Flora la abrazaba con ternura, como una hermana.

29

Hacía una noche agradable y fresca cuando Herman puso las botellas de vino en la mesa de la terraza, desde donde el panorama de la ciudad de México era inesperado: se alcanzaba a ver con claridad, allá abajo, la Universidad Nacional, y hacia el centro se distinguía algo que parecía ser la Torre Latinoamericana. Qué grande era la ciudad y qué hermosa se veía antes de dormir.

Hilda llevaba una tabla con quesos, carnes frías y pan, que le había dado Herman en la cocina; pero en lugar de asentarla, se quedó mirando el espectáculo y descubriendo las estrellas.

—De día —dijo Herman— se ven los volcanes. Ya verás.

—Qué vista debe haber tenido Cortés al entrar a Tenochtitlán.

—Híjole —asintió Herman.

La había invitado a cenar junto con una filósofa inglesa, amiga suya, que tenía varios años viviendo de dar clases en la Universidad Americana, y quien acaba de llamar para decir que no llegaría. Herman tenía más facilidad para hacer amistad con las mujeres que con los hombres que, por lo general, sólo querían hablar de sus conquistas amorosas o de negocios o de los problemas del trabajo.

Escuchando a Herman, Hilda flotaba en otro mundo; como si de pronto se hubiera caído de una nube: comparaba sus sueños con la realidad. En Francia, había inventado un hombre que no existía, que no era en nada parecido al que imaginó en África montando elefantes, cazando antílopes y trabajando en un campamento equipado; y tampoco el que había creído viviendo en una casa de lujo, estilo colonial, y con una oficina en el Paseo de la Reforma.

Herman era un hombre básico y eficaz, para quien el dinero no significaba gran cosa mientras tuviera para sus necesidades y para viajar; y no se complicaba la existencia mientras disfrutara de una vista como aquella, de un buen libro, un vaso de vino y música.

Toda su vida había ejercido con pasión la geología, que era su mayor y único apego; sobre todo después de la muerte de su mujer. No le importaba perder cualquier cosa mientras no fuera el interés en lo que hacía. Ésa era la diferencia entre los otros geólogos y él: la mayoría trabajaba sólo por necesidad o por cumplir un horario de trabajo, y cuándo él les preguntaba por qué no habían terminado el trazo de un plano, el corte de otro, el artículo, el reporte, escuchaba las mismas palabras: "No fue posible, ingeniero". En cambio él trabajaba con vehemencia, porque tenía un objetivo y estaba dispuesto a cumplirlo. Para Herman salir al campo era descubrir un misterio, dar con datos que le mostraban una parte del secreto que lo mantenía intrigado y vivo.

Por eso, en su momento, le había dolido la situación de Pemex, como le diría a Hilda:

—Tú sabes que la civilización y la cultura de un país se refleja en la producción de documentos y obras de arte. Pues no hubo filósofos de Pemex; nadie que hubiera dicho: "Hice esto". Ellos decían que si publicaban algo, las compañías extranjeras podían saber cómo era el subsuelo de México, ¡imagínate!, y nunca publicaron nada, quizá porque nunca hicieron nada que valiera la pena; y ése era mi pleito con

ellos. Shakespeare no hubiese sido un hombre tan grande si hubiera escondido sus creaciones.

—Pero, ¿seguías viendo a la gente de Pemex?

—Aunque yo ya no trabajaba allí, seguía en pleito con su gente; puros trancazos, pero siempre me salvaba, hasta que empezó a haber ingenieros que valían la pena, como Viniegra e Iguanzo.

—Entonces, ¿qué hacías?

—Era geólogo de Obras Hidráulicas del Distrito Federal y de la Comisión Federal de Electricidad, donde sigo como asesor.

—¿Nunca te reconciliaste con la gente de Pemex?

—Hasta que vino la planta nucleoeléctrica de Laguna Verde. A mí me hicieron a un lado, pero a la mera hora necesitaron un geólogo internacional, alguien a quien respetaran por su trabajo, y me mandaron llamar de la Comisión Federal de Electricidad. Yo hice los estudios de Laguna Verde. Con muchos problemas, pero los hice, porque tenía que comprobar cada paso; los consultores americanos avalaron mi trabajo. La ironía fue que tuvieron que darme permiso de entrar a Pemex a ver los archivos del mar desde Tampico hasta Coatzacoalcos; pero en ese tiempo me llevaba bien con el jefe de geólogos de Pemex.

Una vez que sirvió el vino, Herman bajó a encender el tocadiscos que tenía unas bocinas desvencijadas en la terraza; y cuando regresó, se quedaron en silencio, como dos antiguos conocidos que se permitían disfrutar la vista, la noche y Mozart.

Hilda estaba sumida en sus pensamientos.

Para llegar a la terraza, habían recorrido todos los cuartos de la casa. Herman le había mostrado, orgulloso, lo que llevaba del mapa geológico del eje volcánico. Lo tenía pegado con tachuelas en una pared inmensa, tal vez en la habi-

tación que debía de haber sido en otra época la estancia principal, porque era grande.

El mapa parecía un enorme rompecabezas de colores. Estaba construido por secciones y cada color tenía en otra pared de la casa un acercamiento detallado y con cortes. Bajo los tonos rosas, azules, verdes, amarillos, morados, rojos y cafés podían apreciarse los distintos trazos que simbolizaban el tipo de formación que caracterizaba la zona. Eso que ves de rojo es el mioceno; el amarillo, el cuaternario; el azul, jurásico; el azul claro... Allí, en ese taller rústico que era su morada, Herman estaba descifrando, desde hacía tiempo, las entrañas del país que lo había adoptado.

Le explicó, con detalle y entusiasmo, cómo hacía la lectura de las fotografías aéreas, dónde estaban las grandes fallas de México y por dónde debía llegar el próximo terremoto.

Hilda se asustó:

—No hables de eso.

—Va a venir. No sabemos cuándo, pero...

—Me horrorizan los temblores.

—Es bueno que tiemble, se libera energía y se caen los edificios mal construidos —comentó con ironía.

Hilda no quitaba la vista de Herman. Aunque era un hombre maduro, seguía siendo atractivo y estaba lleno de vitalidad y de sentido del humor.

—¿Y tu familia, Herman? No me has hablado de ella —dijo Hilda.

Entonces le habló de la muerte de su mujer cuando sus hijos acababan de dejar la adolescencia: la joven Mary vivía en California, donde terminaba la carrera de administración; y el chico, químico, trabajaba en la ciudad de Morelia en unos laboratorios suizos. Los dos muchachos eran trilingües porque habían hecho, como el padre, los estudios en el Colegio Alemán.

Al oír los detalles de la vida de los hijos de Herman, Hilda comenzó a pensar en la infancia y la adolescencia que habían tenido ella y su hermano. Recordó cómo escuchaba de niña, por la noche, el llanto de su madre después de una batalla. No la asustaban el ruido ni los golpes sino el llanto, el corazón herido de la madre que sangraba en forma de sollozos, y la ira y la turbación por la impotencia de ella y de su hermano para ayudarla o vengarla. Odiaba aquel silencio que sólo permitía oír el desconsuelo.

Pensaba en su padre y lo imaginaba abrazándola, y le parecía inconcebible que aquel hombre, que la levantaba y la ponía sobre sus hombros para que cortara fruta en la huerta de San Juan, tuviera un lado escondido tras la sonrisa de padre y de esposo. Cuántas veces se había preguntado por qué era así. Por qué, ¿en qué momento de su vida se había transformado en aquel monstruo?

El llanto de su madre le llegaba con frecuencia en los sueños tan luego supo que había desaparecido, y en aquella época sus sentimientos hacia ella eran confusos. No sabía si verla como una mujer sometida al abuso de un hombre iracundo que tenía de su lado la fuerza, o como una madre cruel e insensible porque la había abandonado.

No sabía si odiaba a sus padres, si seguía teniéndoles rencor o deseando de ellos un gesto de cariño, de afecto.

Nunca le había preguntado a su mamá cómo o cuándo había conocido al anestesista con el que vivía; no porque no tuviera curiosidad de saber si lo había conocido desde antes de que ella se fuera a París, sino porque estaba tan lastimada que se trazaba ella misma una barrera para acercarse.

A su padre no lo había vuelto a ver. Cuando regresó de París, el tío estaba esperándola en el aeropuerto, y tomaron otro avión a Sonora; ni siquiera le avisaron que Hilda había regresado; y él tampoco tuvo interés en saber algo sobre sus

hijos: vivía con la tercera mujer, pero no volvió a tener fa-
milia. A su muerte, Hilda hizo un esfuerzo para perdonarlo,
pero no pudo.

Cuando en la ciudad de México tuvo otro novio que quiso
casarse con ella, se negó. Tenía miedo no sólo de fracasar
sino de arrastrar con ella una infancia y una adolescencia
difíciles que habían terminado en aquel desastre. Él insistió,
pero Hilda se defendía:

—*No puedo dejar el trabajo.*

—*Nadie te va a pedir que lo dejes.*

—*Pero a nadie le va a gustar que salga tanto al campo.*

—*Piénsalo.*

—*No tengo nada que pensar.*

Había refrescado. Hilda se ponía el saco cuando Herman
la interrogó:

—¿*Así eres de callada?*

—*Estaba pensando.*

—¿*En qué?*

—*En mis padres.*

—*Ahora te toca a ti.*

—¿*Qué?*

—*Contarme. Yo no he dejado de hablar desde que fui a co-*
mer a tu casa. ¿Cuándo o cómo regresaste? —*le puso una*
mano en el hombro, mientras le servía más vino.

30

Hilda no sabía qué contestarle a su hermano. Había empezado la carta varias veces, y no pasaba de la fecha porque se ponía a llorar. Flora estaba alarmada: la situación de su hermana era quebradiza, y le dolía porque comenzaba a sentir por ella un apego profundo.

En cuanto Flora leyó la carta de su medio hermano, para tranquilizar a Hilda hizo una llamada de larga distancia a Sonora. A los tíos les explicó que había tratado de comunicarse varias veces con la madre de Hilda, pero como no lo logró, supuso que se había ido a San Juan, donde comunicarse era imposible porque, como la casa estaba en el campo, debía hablar a la caseta telefónica para que fueran a darle el recado, e intentar otra vez más tarde; y eso, desde París, era un problema.

Había creído aquello de *no news, good news*, pero por lo visto se había equivocado. Y se excusó de no haber hecho el intento con su papá; pero no iba a hacerlo entonces ni nunca:

—Saben que hablar con mi papá es inútil porque no escucha. ¿Cómo es posible que no le ponga una línea a su hija o no coja el teléfono para ver cómo está?

El tío le contó a Flora que era probable, aunque no lo creyera, que la madre de Hilda se hubiera ido con alguien, porque al parecer una vecina la había visto dos o tres veces acompañada por los alrededores de su casa; pero, en realidad, sabían tanto de ella como Flora que estaba lejos. Le perdonaban la fuga, de verdad, pero no la forma de irse:

—¡Ni que no tuviera hijos!

Hilda no hizo sino llorar en el teléfono, sobre todo cuando le pasaron la bocina a su hermano; pero Flora la escuchó con asombro decir que estaba bien, sin quejarse de la vida en París ni repetir como grabadora: "Quiero irme. Quiero volver".

No lograron averiguar más de lo que ya sabían: a la madre de Hilda se la había tragado la tierra.

La muchacha estaba tan triste que Flora se asustó y decidió llevarla al médico, quien le recomendó hacer ejercicio, divertirse y comer bien.

—Esta niña no necesita un médico, Flora. ¡Como si comer bien le fuera a devolver a la madre! —opinó doña Filo—. Tampoco necesita hacer ejercicio, camina más que un cartero. Necesita una cosa más importante...

Hilda comenzó la carta otra vez:

"Antonio", escribió; luego, tachó la palabra y puso: "Querido Antonio". Después de mucho empezar y mucho borrar y corregir, unos días más tarde puso la carta en el correo:

Querido Antonio:

Ya no voy a llorar. No voy a volver a llorar por mi mamá. Nunca.

No sé qué hicimos para que ella encontrara un lugar mejor, uno sin nosotros. Hubiera preferido que me dijeras que había muerto. Saberla muerta me hubiera hecho sentir menos dolor. Muchas veces pensé que mi mamá me quería, ¡cómo me equivoqué!

Quiero que sepas que me he portado muy mal con Flora, porque no he hecho otra cosa que irritarla pues he sido infeliz y difícil; y lo único que ha hecho la pobre es tratar de ser otra mamá, a la que no quiero, por cierto. ¡Qué contradictorio y qué vergüenza!, pero no puedo evitarlo. Es algo que me sale de un lugar profundo y desconocido: "No quiero otra mamá". Quisiera sólo la mía y una hermana.

No puedo dormir, sólo oigo los ruidos de la noche: el tráfico de la calle, el ruido de las llantas de los coches sobre el asfalto mojado por la lluvia, las voces de la gente que pasa bajo mi balcón, los pasos de los vecinos del departamento de arriba, el camión de la basura, los gritos de la portera. Y con los ojos abiertos toda la noche, no sé qué pensar. De veras, no sé. Siempre creí que mi mamá era mejor que mi papá, y ahora me doy cuenta de que estaba equivocada. Los dos son iguales; aunque él era capaz de expresar mejor sus sentimientos; hasta la ternura, porque no negarás que tenía momentos de emoción y debilidad por ti o por mí, aunque un solo grito lo borrara todo. Despierta, recuerdo cuando sólo quería que amaneciera para irme a la escuela y tratar de olvidar lo que pasaba en la casa; pero ya en la escuela sentía vergüenza de no ser como las demás niñas, de no tener una familia como las que veía a mi alrededor; y no quería que nadie descubriera mi secreto. La vergüenza sólo me orillaba a querer regresar a la casa a esconderme.

También deseo que sepas que ya no soy una niña, Toni. Lejos de ustedes, he crecido, soy una hermana diferente a la que viste salir. Por más que Flora ha tratado de convencerme de que mi mamá fue una santa por aguantar tantos años a mi papá, no ha podido. Una santa no nos hubiera abandonado de esa forma.

El único lugar de la casa donde me sentía segura y tranquila era tu cuarto: lejos de dos monstruos que salían en la noche o en el día de su cueva a pelearse. Y siempre creí que tú eras quien se iba a ir de la casa y que yo me iba a quedar sin refugio. Tenía miedo de volver de París y no encontrarte. De no encontrarte nunca más. A ti te veo contento con los tíos. Qué envidia. Nos envidiamos mutuamente, ¿verdad? ¿Qué va a ser de mí?

No tengo casa.

Flora… no quiero parecer malagradecida, como ella me ve; pero, no la siento ni siquiera como a una hermana. Las dos tenemos miedo de acercarnos.

Tampoco conozco a los tíos lo suficiente como para vivir con ellos, para comenzar otra vez la misma historia que he pasado con Flora.

¿Qué hicimos, Toni?

Mi mamá tiene derecho a ser feliz. Nunca lo fue. Pero se le olvidó que existíamos. Se deshizo de mí, y, como dice doña Filo, una abuela que me ha adoptado (figúrate tú, me ha adoptado alguien que ni siquiera es de la familia), se deshizo de mí como si yo fuera un objeto, y se fue.

Mi mamá y mi papá nunca hablaron, porque él no sabía escuchar a nadie: los tres éramos almas en pena en nuestra propia casa; y si mi mamá no se atrevió a divorciarse, no creo que haya sido por su miedo a la iglesia, sino porque no se sentía preparada para enfrentarse a la vida por ella misma. Qué poco se estimó siempre. Qué poco nos enseñó a estimarla, porque aguantaba todo como uno de esos burros de San Juan, cargado de leña y arreado con una vara para que caminara. Mi mamá tampoco hizo el intento de escuchar nuestra opinión.

Para mi papá debe de haber sido un golpe que ella le haya demostrado con su partida: "Voy a un lugar mejor que su casa". Y sí lo creo, Toni; cualquier lugar hubiera sido mejor que la casa, pero al menos los tres juntos.

¿Quién le aseguró a mi mamá que yo iba a ser feliz con Flora? ¿Me preguntó algo alguna vez? ¿Cómo estás, hija? ¿Cómo te va con tu hermana? Ni siquiera contestó mis cartas.

No es que vivir con Flora sea imposible; es que vivo en una casa de huéspedes, ¿me entiendes? Flora es alguien cercano y distante al mismo tiempo. No sé cómo explicarte. No es una hermana común y corriente, es como una visita conocida que quiere que yo me eduque a su manera. ¡Si tan sólo pudiéramos ser amigas!

No quiero saber nunca nada de mi mamá. Quiero saber, si algún día puedo hacerlo, qué va a ser de mi vida. ¿Dónde estaré dentro de unos meses, dentro de un año, dos? Dime, Toni: ¿Dónde voy a estar? ¿De casa en casa tratando de adaptarme?

No me duele que mi mamá se haya ido, me lastima que no me haya preparado para su huida. En eso nos parecemos, ¿sabes? Siempre quiero irme, huir.

Dile al tío Rodolfo que tiene razón, que se lo agradezco, hay que saber la verdad aunque no nos guste. Nada más por eso, ya me cae mejor y lo quiero un poco más.

Es cierto, siempre quise que mi mamá dejara a mi papá. Créemelo. Ahora, cuando pienso en ella, me doy cuenta de que cuando acabábamos de pasar una crisis en la casa, tú y yo parecíamos huérfanos: cada uno sufría en silencio la vergüenza, la humillación.

No es momento de contarte de mi cumpleaños, Toni. Otro día te contaré. Sí, cumplí quince, pero me siento mayor, tanto he sufrido.

No te preocupes por no haberme escrito antes: somos temerosos y cobardes, asustadizos, porque así nos enseñaron; aunque yo, Toni, a veces pienso que llevo en alguna parte horrible de mí la violencia de mi papá, ésa que destruyó nuestras vidas.

Tu hermana que te quiere,

Hilda

31

Cuando Hilda salió de la escuela, la mañana estaba soleada. Iba contenta no sólo por la ropa holgada y fresca, y porque no traía abrigo ni suéter, sino porque había aparecido una nueva compañera en la clase de Mademoiselle Thérèse, quien llevaba al grupo de paseo, a conocer una casa singular:

—La más estrecha de París, señoritas.

Irían a visitarla a la calle Saint Séverin, porque allí, les había explicado, vivió el autor de *Manon Lescaut*, una novela sobre una *cocotte*.

—Una historia que no es para señoritas —tradujo Hilda al oído de la chica nueva—, pero su autor es uno de los grandes escritores franceses.

—¿Qué quiere decir *cocotte*, señorita? —preguntó Hilda, y todas se rieron, incluyendo la recién llegada, que, a pesar de ser mayor que ella, había ido a su lado en el metro y durante el recorrido no se le separaría.

Era mexicana e iba a vivir en París seis meses, y se hospedaba en Neuilly, en casa de la señora Aglot, donde se alojaban también una inglesa y una italiana, alumnas de Mademoiselle Anita, quien encontraba acomodo entre sus amigas a la mayoría de las estudiantes, para que también aprendieran, dijo la inglesa, además de *French*, *manners*, aunque algunas, aclaró, nada más aprendían *French*.

La chica nueva no hablaba francés, pero el grupo de las principiantes había tomado una excursión a los castillos de la región del Loire, y para que no se sintiera desorientada, Mademoiselle Anita había decidido colocarla esa semana en el grupo de Hilda para que le ayudara a adaptarse.

Cuando regresaron a la escuela, después del paseo, fueron juntas al otro lado del patio, porque la recién llegada también tenía media pensión; y luego de la comida, ambas entraron al metro, donde Hilda le recordó cómo tendría que hacer el cambio de trenes para llegar a Neuilly.

Esa tarde, Hilda se sentía diferente, porque el sol y esa chica le subían el ánimo; y además, porque no iba a ir a la Oficina de Turismo a hacer la tarea y a esperar a Flora, ya que su media hermana tenía una junta de trabajo e iría a cenar con unas amigas después de la reunión.

También se sentía contenta porque había sucedido algo insólito en el metro: se habían dado un beso de despedida cuando cada una tomó su camino, como si fueran amigas de siempre, como si estuvieran en México, donde la gente es cálida y afectuosa; por eso, cuando Hilda llegó al departamento del Boulevard Flandrin estaba como nunca de gozosa. Por primera vez en mucho tiempo se creyó adaptada y distraída de sus problemas; y hacía planes para mostrarle a su nueva amiga los lugares que más le gustaban de París, como el Mercado de Pulgas de Saint Ouen, en donde acababa de comprar un trozo de ámbar con un insecto dentro, o la casita de muñecas, la miniatura de estudio donde vivió...

—Oye, Flora, ¿cómo se llama ese músico que componía piezas para piano que parecen juegos de niño?

—¿Quién?

—Ése que hizo unas piezas que se llaman algo así como gimna...

—¡Ay, Hilda!

—Algo así.

—Gimnopedias, dirás.

—¿Me regalarías de mi cumpleaños ese disco, de...?

—Satie.

—Ese mero.

—¿Dónde lo oíste?

—En un museo, nos llevó Mademoiselle Thérèse.

—¿Cómo no me habías dicho?

Hilda había descubierto el estudio una tarde de paseo. Habían pasado el Museo de Montmartre, cuando oyó un piano, una melodía que la atrajo, y caminaban hacia ella. Era el museo-estudio de Satie, que sólo se abría al público mediante una cita, y cuya puerta estaba vigilada, pero saludaron al guardia y, mientras Mademoiselle Thérèse hacía los trámites para entrar con su pequeño grupo, Hilda se quedó embobada, escuchando las grabaciones, algunas cortitas, tan cortitas que sólo duraban dos, tres minutos.

Le habían gustado tanto esas melodías que se parecían a la de una caja antigua de música que tenía su abuelo Raúl, que le dio especial curiosidad el lugar y se quedó sorprendida del tamaño del cuarto donde exhibían dibujos, manuscritos y documentos, y estaba ese tocadiscos antiguo de donde salían las notas que jugaban en el aire como los niños en el campo de San Juan. Llevaría allí a su nueva amiga, para que oyera esa música; y le comentaría, cada vez que tuviera oportunidad, esas cosas que Flora le había ido enseñando, aunque el peruano dijera que los comentarios de su media hermana eran apantalla-pendejos; y la llevaría a patinar sobre ruedas a la pista cercana al Trocadéro, y...

Estaba tan entusiasmada que quería hacer de inmediato el reporte de la visita a la casa del abate Prévost, para prepararse algo de merendar y mirar en la televisión su programa favorito.

Abrió el balcón para que entrara el fresco del anochecer, se quitó los zapatos y las medias que ya usaba, sacó su cuaderno del cajón de la cómoda y fue al cuarto de Flora a encender la televisión: Jeanne Moreau anunciaba en el noticiario que se iba a casar con Pierre Cardin, cuando sonó el timbre del departamento.

Creyó que era la portera, quien a veces subía para quejarse de cualquier cosa, o porque quizás iba a entregarle algo para Flora. Estuvo a punto de no abrir, pero volvió a escuchar el timbre y fue al recibidor con desgano porque estaba por comenzar el programa y no había hecho la tarea.

—¡Buenas tardes! —la saludó el peruano, que llevaba un periódico y una caja de chocolates en la mano.

Iba recién bañado y olía a colonia. Un aroma dulce que le dio picazón en la nariz a Hilda. Llevaba la melena todavía húmeda y se había vestido con ropa deportiva, como si saliera del club después de nadar o correr o jugar tenis.

—Flora no está —contestó Hilda sin abrir del todo la puerta.

—¡Me citó aquí! —dijo con asombro.

—Tiene una junta y va a cenar fuera.

El peruano hizo presión sobre la puerta y entró, al mismo tiempo que decía:

—No debe de tardar.

—Ya te dije que va a regresar tarde —insistió Hilda, desconcertada, mirándolo entrar.

Así, recién bañado y en ropa informal, Enrique se veía más atractivo, tal vez por eso le gustaba a Flora. Por el peso del agua, la melena iba de un lado a otro mientras hablaba, y se le veía más espesa, más negra y más lacia; pero Hilda acababa de descubrirle canas en las patillas y en las sienes.

Enrique caminó hacia la sala y antes de sentarse dijo con naturalidad:

—Los chocolates son para ti, cariño.

—Estoy enferma del estómago —no se movió de la puerta.

Comenzó a sentirse incómoda. Quizá temerosa o asustada o intranquila aunque no quería reconocerlo. ¿Qué hacía Enrique sentado en la sala, cuando ella sabía que su hermana iba a regresar noche?

No le gustaba la actitud del peruano, percibía en sus ojos esa mirada que tenía su padre cuando estaba buscando un pretexto para explotar, y nadie podía impedirlo.

Esperaba algo, aunque no supiera con exactitud qué.

—Tengo que hacer la tarea —dijo, en lugar de acercarse y tomar los chocolates que le seguía tendiendo.

—¿Qué estás viendo en la tele? —preguntó mientras él mismo abría la caja.

No contestó.

—Los miércoles pasan a esta hora una serie muy buena de la BBC. ¿La estás viendo?

No había cerrado la puerta. Todavía tenía la manija en la mano.

—Flora no tarda. No irá a cenar con Laura y Elena, ya te dije que volverá pronto, cariño —caminó hacia ella, dándole a escoger un chocolate, y empujó la puerta.

Odiaba que el peruano le dijera con su acento peruano: "Cariño". Odiaba que usara ese tono paternal y amistoso con ella. A Flora le decía, arrastrando las sílabas en un tono empalagoso: "Mi vida" o "mi amor". "Déjame darte un beso, mi vida. Estás hermosa esta noche, mi amor."

Se dio cuenta de que Enrique no había puesto el pasador ni echado la llave, pero tenía miedo de moverse, de abrir la puerta o de caminar hacia el estrecho pasillo que conducía a la cocina por un lado y, por el otro, al baño y la recámara.

Estaba paralizada. Tenía miedo de subir los cuatro escalones que la llevaban al cuarto de Flora, para sentarse a hacer la tarea y ver la televisión; y se quedó allí, de pie, pensando qué iba a hacer con Enrique, que estaba a punto de ponerse a leer el periódico.

—Enrique, si sabe Flora que abrí la puerta, me va a matar. Me tiene prohibido hacerlo cuando estoy sola —rogó.

—No le diré nada, cariño.

—¿No dices que está por llegar?

—No te inquietes.

—La conozco.

—Ve a ver la televisión. Yo leeré el periódico mientras vuelve —dio por terminada la conversación.

Hilda dudó. Tal vez sí era verdad. Flora había cambiado sus planes a última hora y volvería de un momento a otro.

Estaba sumido en *Le Figaro*, cuando ella subió a la recámara y se sentó a los pies de la cama recargando la espalda en el colchón, pero no podía concentrarse ni en el programa ni en la tarea.

¿Y si no era cierto? Tenía el presentimiento de que estaba haciendo algo equivocado. Se levantó y fue de puntillas a asomarse a la sala, como cuando espiaba a Flora y la veía bailando con él o besándolo con ardor como ella quería bailar y besar algún día. Allí estaba el peruano, leyendo como si estuviera en un consultorio o en el metro.

Se tranquilizó un poco y volvió a la recámara; pero esta vez se sentó cerca de la puerta, por si tenía que salir corriendo, porque no podía quitarse el miedo aunque tratara de pensar que estaba equivocada.

Seguía sin poder concentrarse porque el corazón le latía demasiado de prisa como para dejar de sentirlo. Flora la regañaría. No iba a creerle que Enrique había entrado a la fuerza, y ya era demasiado tarde para correr al lobo de la casa.

El silencio en la sala la angustiaba.

De pronto, Enrique entró en la recámara y se sentó sobre la cama para ver la televisión. Estuvo a punto de decirle que Flora se enojaría porque tenía la sobrecama puesta, pero se levantó y salió despacio, como si su actitud fuera natural.

—Voy por agua —anunció, aunque no tuviera que disculparse; pero habló con sequedad y cuidado de no mostrar pánico o debilidad.

El peruano salió tras ella y se detuvo en la parte del pasillo que daba hacia el recibidor.

—También tengo sed. Dame un vaso con agua sin gas —dijo.

Entonces Hilda, mostrando confianza, fue a sentarse a la sala, frente al balcón.

—Mira, Enrique, más vale que te vayas, porque si llega Flora me va a matar y va a enojarse contigo.

—¿Conmigo?

—Sí.

—No te preocupes, cariño, Flora no va a llegar. Tenía una junta y luego iba a cenar con sus amigas del consulado.

Hilda empezó a respirar con agitación y tuvo un escalofrío. No podía tomar aire, como si de pronto hubiera entrado a un baño de vapor caliente y húmedo, pero pretendía tranquilidad. Aquel calor la hacía sudar, y sintió cómo se le iba mojando la ropa.

Enrique se sentó a su lado y le preguntó:

—¿Cuántos años tienes?

—Quince y... —contestó viendo hacia el bosque.

—Pareces mayor, cariño.

—¿...?

Estaba segura de que Flora no entendería cómo había entrado el peruano al departamento; y la imaginaba reprochándole su falta.

De pronto, recordó de que la puerta no estaba cerrada con llave, y corrió hacia ella, pero no pudo abrirla porque una mano llena de vellos hizo presión sobre la manija.

—¿Adónde quieres ir? —oyó muy cerca del oído, porque el peruano estaba pegado a ella, por eso sentía su cuerpo apretándola y, en el cuello, su aliento.

"Si grito", pensó, "me dejará salir", pero la voz no le salió, la había abandonado. Y esperó, inmóvil, la oportunidad para escapar.

—Ven, cariño, vamos a platicar mientras llega Flora —la tomó de la mano y ella, vencida por el pavor, se dejó llevar.

—No me digas "cariño".

—No te lo diré.

La condujo al sofá y se sentó junto a ella.

¿Cómo le contaría todo eso a su hermana? No sería una cosa fácil de detallar. No iba a creerle; desde luego, no iba a creerle que él entró al departamento engañándola.

—Mírame a los ojos, corazón —le pidió haciendo fuerza sobre la mano, lastimándola, y ella levantó la vista.

Así, tan cerca, el peruano tenía el rostro menos rígido. Parecía incluso un hombre amable y bueno. No era mal tipo.

—Muy bien, así me gusta.

—Tengo que hacer la tarea —quiso levantarse.

—No quieres que Flora sepa nada de esto, ¿verdad?

No contestó, no supo qué decir, no tenía fuerza para hablar, no le saldrían las palabras adecuadas ni podía coordinar sus pensamientos.

—A ver, déjame ver —dijo él, tocando uno de los pechos de Hilda por encima del vestido, como si estuviera probando la madurez de una fruta.

Estaba inmóvil, petrificada.

—Están en su punto, cariño. ¿Te gusta esto?

Estaba segura de que si no hablaba, el peruano iba a quitar la mano de su pecho; pero ante el silencio, él le pellizcó el pezón, lastimándola.

"Tengo que pensar. Tengo que pensar cómo escaparme", se decía.

—¿Te gusta, cariño? —la acariciaba—. Contesta.

Quiso levantarse y él apretó otra vez con brusquedad.

—Pórtate bien y no le diré nada a Flora.

Le habían brotado las lágrimas y vio la sala como si no la hubiera visto nunca, como si no reconociera el sofá donde estaba sentada ni los sillones ni las cómodas ni la mesa redonda ni los adornos de cristal y porcelana de Flora.

Tenía un pensamiento extraño: sus padres. Los veía borrosos en el recuerdo porque no podía reflexionar con claridad. Se le presentaban en una batalla, en aquellos reveses nocturnos que daban paso a los sollozos de su madre, en la misma lucha en que ella se veía ahora envuelta aunque fuera una violencia sorda, pero esperaba los golpes del peruano, como si el amor no pudiera ser dulce ni lleno de ternura igual que en las películas, como si por naturaleza tuviera que ser agresivo, y la brutalidad fuera su objeto. Por eso, ella no se iba a casar nunca, sólo se enamoraría como en *West Side Story*, como Natalie Wood que no tuvo tiempo de vivir con Tony, de ver sus pretensiones convertidas en horror.

Cuando el peruano retiró la mano de su pecho, Hilda respiró hondo para jalar el aire que se le había ido, y se limpió las lágrimas pensando que había terminado el castigo, pero sintió una mano buscando su sexo.

"Flora no me va a creer. Va a decir que así le pago lo que ha hecho por mí", pensaba. "No volveré a verla a los ojos. Si tan sólo pudiera irme, regresar…"

Tenía el vestido empapado, y la asustó la humedad entre sus piernas.

El peruano se estaba bajando el cierre de la chamarra, luchando por quitársela, porque se le había atorado el broche, cuando Hilda comenzó a ver por el balcón, por fin, algo conocido: la noche de San Juan.

Se sintió tranquila, como si el miedo y la tensión la hubieran abandonado. Estaba hueca, como si las manos del peruano la hubieran perforado y le hubieran sacado todo lo que tenía dentro. Comenzaba a flotar como si no estuviera sentada.

La oscuridad le impedía ver con claridad, a lo lejos, las copas de los árboles, que no eran los del Bosque de Bolonia sino los del campo de San Juan, pero escuchó la voz de su hermano que la estaba llamando para que saliera a acompañarlo a caminar por el pueblo a esa hora en que los grillos y los pájaros nocturnos comenzaban a cantar.

Estaba en paz, como ausente de sí misma, enrarecida y confusa. Sentía la ingravidez de su cuerpo. Lo único que tenía dentro, recorriéndola, eran voces confusas: la de Flora regañándola, la de su hermano llamándola, las de sus padres peleándose, la del peruano preguntándole: "¿Te gusta esto, cariño?"

La noche se veía hermosa por el balcón; y como en un sueño o una película, se imaginó a sí misma levantándose del sofá para alcanzarla. Su hermano seguía gritándole, urgiéndola para que saliera tras él y, juntos, vieran regresar del campo a los pastores con sus borregos y sus vacas, y a los campesinos con las presas que caían en las trampas o que cazaban para la cena; y corrió, veloz, ágil y resuelta, hacia donde estaban las estrellas esperándola.

32

Herman interrumpió a Hilda; le había servido más vino y se lo tendió.

—Bebe. Reconforta, pero la clave es saborearlo y disfrutar la noche. Mira nada más qué vista tenemos. ¡Qué bruto!

Bebió un poco y miró la noche de la ciudad en silencio. Nunca había contado su experiencia de París, y no supo cómo se atrevió. Creía que no la iba a relatar a nadie. Pensó incluso que la había olvidado.

Hilda no hablaba con nadie de sus padres, mucho menos del "accidente"; ni siquiera con sus tíos que veían asombrados su capacidad para guardar rencor; y tampoco tocaba el tema con su hermano, cuando llegaba a verlo. Había enterrado su pasado, pero quizá la personalidad abierta de Herman la había ayudado a no negar la verdad, a no dejar que siguiera doliéndole o avergonzándola.

Durante mucho tiempo después de su regreso de París, soñaba con el peruano o su padre, y en los sueños los confundía como si ambos hubieran sido una sola persona. Despertaba llena de encono por no haber podido reclamarle nada a su padre, y llena de irritación y de rabia por no haber podido decirle a Flora cuánto asco le daba el peruano. Se arrepentía de no haberse atrevido a decir la verdad, aunque había aprendido de doña Filo y de su tía Julia que enfrentarla era lo mejor.

—¿Qué pasó después? —preguntó Herman.

Hilda guardó silencio.

—Todos tenemos una historia que nos duele; yo no te he dicho la mía.

Cuando Hilda abrió los ojos, no supo dónde estaba. Vio que el techo era verde claro y que mal iluminaba la habitación una lámpara redonda y opaca. Creyó que soñaba, cuando escuchó la voz de Flora:

—Un accidente. Un estúpido accidente, señorita Anita.

Quiso levantarse, pero se lo impidieron; luego, viendo a Flora dijo en un breve quejido:

—No me gusta... París.

—Ma petite Jérémie —la acarició Mademoiselle Anita.

Volvió a quejarse:

—No me gusta.

Entonces, Flora preguntó:

—No te echaste por el balcón, ¿verdad? No serías capaz.

—Quiero regresar, aunque no sepa a dónde, aunque no conozca lo suficiente a la tía Julia.

—¿Qué pasó, Hilda?

No se acordaba de nada, pero comenzó a recobrar la memoria, a revivir el anochecer, y le brotaron las lágrimas.

—Cuéntanos qué pasó.

Iba a relatarles lo que había sucedido, cuando oyó la voz del peruano desde algún lugar de la habitación.

—¡Qué susto nos has dado, cariño! Por suerte, sólo tienes una pierna rota. Siempre pensé que un día te ibas a caer. ¿No te lo dije, mi amor? ¿No te dije que esta niña se asomaba demasiado para ver pasar a la gente? Si no se me hubiera olvidado la cena de tu hermana, no habría llegado cuando la ambulancia te estaba recogiendo, cariño.

—Hijo de puta —exclamó Herman, y luego agregó—: ¿Qué fue de él y de los demás?

33

Doña Filo murió años después. Le enviaba a Hilda, a Sonora, unas cartas hechas con una letra diminuta y nerviosa, que se veía como un papel lleno de hormigas o arañitas, en el cual sobresalía la firma: "La abuela Filotea". Hilda siempre la vio como una tía o una abuela aunque le dijera con respeto: "Doña Filo".

En sus cartas, doña Filo le contaba su soledad y cómo la echaba de menos y pensaba en ella, igual que extrañaba a un hijo que había tenido y del cual nunca le habló en París; e Hilda le describía la ciudad de Hermosillo y su vida aburrida, y le confesaba que aunque había llegado con miedo a Sonora, la tía Julia era un encanto.

Doña Filo dejó de escribir cuando la vista ya no se lo permitió. Flora le contó que la encontraron una mañana en el sillón donde solía sentarse a leer por las tardes. A la portera del edificio se le hizo extraño que no hubiera salido el día anterior a hacer sus compras, y que esa mañana no la hubiera visto pasar. Todos los días, doña Filo iba a comprar el periódico y un plátano ("porque tiene potasio") o una naranja o una manzana, leche o avena o pan y queso y una o dos patatas. No había vuelto a cocinar en años. Desayunaba ligero, comía en la calle y cenaba fruta, una rebanada de jamón, una rebanada de "pein" y un vaso de "vein", y luego se hacía un té de poleo para la digestión.

189

Doña Filo fue la única que intuyó que había otra cosa detrás del "accidente".

—Ya te dije, Hilda, que más sabe el diablo por viejo que por diablo; por eso, a mí no me vengas con que no... Esa pierna rota huele a loción barata. Tu hermana tiene los ojos cerrados, sólo porque le da miedo abrirlos, y tú deberías decirle exactamente lo que pasó.

Mademoiselle Anita la fue a ver al hospital los cinco días que estuvo internada, mientras le administraban analgésicos y desinflamantes, y se reponía de la operación. Le regaló un libro (que Hilda leería muchas veces a lo largo de los siguientes años: *Le Mont Saint Michel* de Alexis Carrol, porque intuía que allí entendería por qué había gente a quien su propia marea le impedía el paso al otro extremo de sí mismo) y le pidió que no se regresara a México.

Le explicó que había hablado con la directora de la otra escuela, con la mère Marie Joséphine, para que la recibiera como alumna regular. Además, era cosa que ella lo pensara, podría aprovechar el momento porque tal vez era una prueba de Dios, para entrar al grupo donde preparaban a las chicas que se sentían llamadas a tomar los hábitos.

Entonces Hilda le dijo lo que no había podido antes, y había pensado con detenimiento esos días en el hospital:

—Yo no hubiera cortado la rama del olivo, señorita Anita.

—¿Qué quieres decir?

—Es un dicho que me enseñó doña Filo: "Es fácil romper la rama de un olivo; devolverla al árbol es imposible".

—¿No crees que cuidándola podría retoñar en cualquier otro terreno?

Hilda se despidió.

—Rezaré por ti, mi pequeña Jeremías. Eres la más amada de mis muchachitas.

Mademoiselle Thérèse estaba en un paseo cuando Hilda fue a despedirse de ella; pero una de esas noches calurosas de Sonora, en la que Hilda no podía dormir, le escribió una carta larga dándole las gracias por haberle regalado París.

El peruano anduvo con Flora hasta que a ella, y no a él, como doña Filo había pronosticado, se le atravesó alguien: un francés que fue a la Oficina de Turismo a pedir información. Un viudo retirado y apacible, con la cartera surtida, al que comenzó a ver con el pretexto de un viaje a México, el cual terminaron haciendo juntos tres años después, y con quien se casó y vivió en Francia incluso luego de que, debido al cambio de gobierno, el trabajo de Flora en la Oficina de Turismo terminó.

Después del accidente, Flora tomó la decisión de enviar a Hilda de regreso a México, todavía enyesada de la pierna izquierda.

Como doña Filo, Flora le escribió con regularidad a su hermana durante algún tiempo, pero su participación de matrimonio fue la última correspondencia que recibió.

Ambas se vieron una navidad que Flora fue a México, después de la muerte de su marido. Había entrado a la vejez con garbo, y seguía siendo una mujer atractiva y llena de vitalidad. Vivía sola en las afueras de París, con una salud frágil, pero sin penurias económicas.

34

Las nubes comenzaron a ocultar las estrellas y el frío de la noche se dejó sentir cuando Herman se levantó y salió de la terraza unos minutos.

—Come un poco, Hilda; no me tardo.

Hilda estaba buscando la bolsa para despedirse, cuando él regresó con una caja en la mano derecha.

—Ábrela con cuidado —le pidió.

—¿Un diamante africano? —preguntó viendo el brillo de la piedra.

—Ahora te voy a contar la verdadera historia de África. Mis tonterías germanas. No es sencilla ni dulce, Hilda, pero lo prometido es deuda. Es sólo para ti —le sonrió.

ÍNDICE